R E V E  L A C I O N E S

D E   U N A

G A V I O T A

UN ENCUENTRO INESPERADO

Juan Suárez

Editado por: Dra. Blanca Rosa García
Profesora Eméritus de Wagner College
Staten Island, New York,10301

Arte de la cubierta
Por: Miguel A. Hernández
San Juan, Puerto Rico.

Impreso en los talleres
Colonial Press International, Inc.
3690 N.W. 50th Street
Miami, Fl. 33142

Tipografía. Títulos. Subtítulos.
Emplanaje. Promoción. Distribución.
EDICIONES SUAGAR
FAX: (407) 843-9230
P.O. Box 720485
Orlando, Fl. 32872-0485

Primera edición, septiembre de 1994
(5000 ejemplares)

Lo que está formulado en estas páginas, puede interpretarlo como mejor le plazca: ficción... sátira... conjetura.

Lo cierto, es que estamos en presencia de algo que será trascendente.

Dra. Blanca Rosa García
Ediciones SUAGAR
Editora

Notas del autor

Lo dicho por Ella, queda por encima de nuestra forma de pensar.

Al expresarle mis reparos, no hubo forma de poder convencerla, tuve que hacerlo a su manera.

REVELACIONES

DE

UNA GAVIOTA

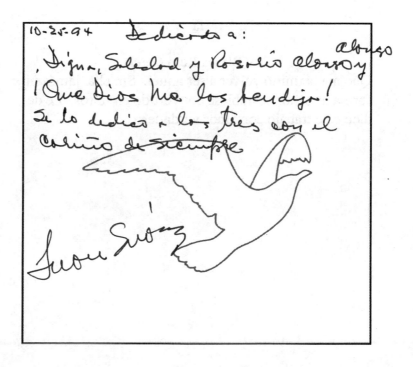

10-25-94 Dedicada a:
, Digna, Soledad y Rosario alonso y alonso
¡Que Dios me los bendiga!
Se lo dedico a los tres con el
cariño de siempre

Juan Suárez

A MI GRAN SEÑORA

la

Dra. Blanca Rosa García

Que me permitió volver a ser aquél. Sin ella, jamás mi forma de sentir se hubiese convertido en libros. Le dedico este trabajo con amor verdadero.

J. S.

REVELACIONES REVELADORAS
por
Dr. Ariel Remos

Juan Suárez nos sorprendió un día con un libro lleno de interés humano **Contra el viento** autobiografía a tono brillante, aventura existencial que expone en todo su dramatismo la capacidad y el potencial humanos en función de heroísmo espiritual. Pero descubrimos también en él, que en esa vida y en esa experiencia singulares, jugaba papel primordial un personaje que centra, de una forma o de otra, el mayor interés y la mayor preocupación intelectual y emocional del ser humano: **Dios.**

Sin tener que ver el uno con el otro, **Contra el viento** destila el afán de trascender que cristaliza como joya de pensamiento en **Revelaciones de una gaviota**, libro fascinante hasta por su título.

Profundo ejercicio reflexivo expuesto con sabrosa amenidad, este libro viene a ser una teoría del hombre. El autor decidió hacerlo no en primera persona, quizá porque ha considerado más atractiva la forma indirecta de filosofar sin pontificar.

El autor desnuda su cosmovisión en páginas cuya brevedad no impide que nos asomemos a acontecimientos tan señeros para el por qué del ser humano, como su origen y su redención, ni tampoco que el autor desarrolle un análisis de la sociedad y la civilización contemporáneas en las cuales, en términos de esa cosmovisión, se ha producido una ruptura de la armonía entre el hombre y Dios, una caída en el pecado y el vicio, para quedar atrapado entre el goce y el sufrimiento.

A restablecer esa armonía -concepto al que volveremos en breve- es que dedica la gaviota las reflexiones que agrupa en preceptos, valores y conceptos, intentando expresar la esencia y la real trascendencia de la existencia humana.

Los conceptos vertidos por la gaviota dejan ver un hondo sentido de misión. El autor muestra el convencimiento de que su mensaje es el de la **Verdad**. Por eso a la hora de preguntarse qué clase de libro es el que le está dictando la gaviota, lo descarta como religioso o moral, educativo o de ficción, apesar de que tiene de todo eso, prefiriendo apuntarlo en el profetismo, no en la primera acepción del vocablo (predecir, anunciar lo venidero) sino en el sentido de repetidor de verdades reveladas. Pero es un profetismo que no impone dogmas, sino que ayuda al ser humano a encontrar al Dios que lleva en sí mismo. «No he venido a salvar al mundo. Éste lo tiene que salvar cada uno», dice la gaviota.

A Suárez habría que situarlo entre los panteístas. Dios, para él, se revela en todas las manifestaciones de la naturaleza -incluyendo al ser humano, desde luego- y la naturaleza es su ropaje. «Si quieres encontrarte con Él, búscalo primero en la naturaleza», dice la gaviota en otro pasaje del libro.

Hay un concepto fundamental en él, que permite al hombre realizar a plenitud su destino, en busca de Dios y de la satisfacción, y es el del amor -la fuerza del amor- sobre todo uno que tipifica el verdadero vínculo de espontánea y sana atracción, identificación y compenetración, en que el ser humano logra la armonía con sus semejantes: **el amor de amistad**. Pero para lograrlo, es necesario aprender a contemplar y descubrir que esa armonía con el prójimo, es parte de la armonía mayor, que es Dios. Para el autor, Dios es armonía y la armonía «es la progenitora y la sustentadora de todo lo visible y lo invisible».

El trasfondo de estas originales reflexiones filosóficas que integran **Revelaciones de una gaviota**, es el sentido de misión al que aludimos anteriormente, de que está imbuído el autor y que él confiesa al final. Diríamos que es el resultado de un compromiso consigo mismo de universalizar la llama de salvación que es, a fin de cuentas, lo que hierve en ese trasfondo de las revelaciones.

Es obvio que en ese mensaje positivo con el que pretende situar al ser humano en ruta hacia un destino digno y valedero, es donde el autor se realiza plenamente y siente triunfal su razón de existir.

PRIMERA PARTE

EL ENCUENTRO

PRIMERA VISITA

Todo comenzó inesperadamente, en un amanecer cualquiera, como todos los días. El sitio donde vivo es un bello y hermoso lugar que me encanta. Aquí se goza el ropaje de Dios con la ayuda de los arquitectos.

Son veinte edificios pequeños con catorce apartamentos cada uno. De madera, techo de tejas, pintados de blanco con listados azules. Hay tres diminutos lagos unidos unos a otros, y alrededor de ellos están situados estos diseños preciosos.

Unido a este armonioso conjunto existe una variedad de arbustos primorosos, sauces llorones, pinos, robles. Esta vegetación a su debido tiempo florece. ¡Es una verdadera maravilla! Esa mezcla de creación está engarzada en círculos, tres óvalos que forman una órbita mayor, quedando rematados por una vía llena de color. Para cerrar con broche de oro esta belleza, tenemos una comunidad de patos que son la delicia de los que convivimos aquí.

Me levanto muy temprano, nunca puedo dormir más de

seis horas. Generalmente a las cinco prendo las luces, me cepillo los dientes, hago café, me lo tomo. Esto lo realizo con mucha placidez, ya para entonces está aclarando. El amanecer es una forma de encontrarse con Dios. Siempre rezo y converso con Él, le cuento mis cosas, mis temores, le pido que me ayude, que me dé la capacitación que necesito.

Salgo a la terraza que da a nuestro lago, doy unas palmadas y se produce el milagro mayor. De todos los rincones, salen patos volando que vienen hacia mí, parecen pequeños aviones que van a ras de mar, nunca llegan menos de un par de docenas, y se comen una libra de pan que ya les tengo preparada. Lanzo las migajas a la izquierda, y allá van todos, después a la derecha, y ellos corren hacia ese lugar. Llevo viviendo en este sitio dos años y medio.

Hace un par de semanas, comenzó a suceder algo muy peculiar que despertó mi curiosidad. Estando en el deleite de tirarle el pan a mis queridos patos, noto que hay una gaviota bellísima, volando cadenciosamente sin mover las alas, en ese balanceo encantador que ellas hacen. Se acercó, se alejó, subió unos veinte pies, bajó, y dio la sensación de que iba a posarse pero no lo hizo. Esto lo repitió varias veces, después se marchó, dejándome sumamente impresionado:

-¡Qué extraño, una gaviota por aquí al amanecer, sola,
y qué bella!

Lucía mayor que una de tamaño regular, muy hermosa,
plateada. Lo que más me llamó la atención fueron sus
movimientos, su cadencia, su serenidad. Ese día me
acordé varias veces de Ella, salía a la terraza y miraba
hacia el cielo. Estábamos en invierno, por las tardes
teníamos bandada de gaviotas, bellas en su revolar, si
les tirabas pan hacia arriba lo cogían en el aire. Pero
aquella hechicera no estaba.

Tengo que confesar, que al otro día me desperté a las
tres de la mañana, no podía quedarme en la cama. Sin
entender que no por mucho madrugar amanece más temprano. Hice lo que siempre hago antes de salir a darle
de comer a los patos, mas el romper del día no llegaba.

Es inexplicable como me sentía, era esa inquietud interior que sobreviene en la temprana juventud, cuando
ves por un instante a una muchacha, que sólo la miras,
la saludas, te sonríe, pero te quema el alma. Tal vez, no
me lo creas, así me encontraba en la espera de aquel
amanecer.

Como todo llega y también todo pasa, el alba despuntó.
Abrí lleno de grandes esperanzas la puerta que da a la

terraza, di mis palmadas, los patos volaron hacia mí.
Yo, en el cielo, buscándola:
-¿Por qué me has hecho esto?, ¿por qué no vienes hoy?,
¿si no vas a volver, por qué viniste ayer?

Llevaba interiormente su embrujo, hasta que reaccioné:
-¿por qué me dejo influir por una nimiedad?

Por la tarde me fue mejor, por la noche dormí bien. Me
levanté, hice lo de siempre, salí al balcón, llamé a mis
patos, miré hacia arriba, el cielo totalmente vacío. Y
me dije:
-Tuvo que haber sido una gaviota perdida que andaba
buscando su bandada.

Una semana después, ya ni me acordaba de Ella. Esto
nunca lo podré olvidar, ocurrió en el amanecer del tres
de enero de este año. Resulta increíble, hay cosas que
rebasan nuestra capacidad intelectual. No hice más que
tirar los primeros pedazos de pan, noté una sombra que
volaba, levanté los ojos, y allí estaba Ella, seducto-
ramente bella, sublime, celestial, fuera de todo lo que
existe en la tierra. Era la misma, no tenía la menor duda,
no obstante, era totalmente diferente. Llevaba el colo-
rido como si hubiera sido diseñada por El Greco, alar-
gada, en sus tonos rojos y azules con un toque de negro.

Lo que experimentaba no es posible trasladarlo al papel. Poco más y me muero, no atinaba qué hacer. Sabía que había venido por mí, lo sentía muy adentro. Al fin, sacando fuerzas de mi confusión, le tiré pedacitos de pan. ¡Qué cosa tan espléndida! ¡Qué colores, qué movimientos, qué tonalidades, qué sutilezas! Estaba danzando en el aire una especie de ballet celestial.

¡De pronto, comencé a escuchar unas notas musicales que no eran terrenales y a sentir una exótica fragancia! Me hallaba en total frenesí, soltando las amarras que me ataban a la tierra. En esta exaltación me di cuenta de que perdía la conciencia, algo así, no se puede resistir por mucho rato.

Cuando regresé a la realidad me encontraba en el sofá, a mi lado estaba mi gaviota. Ahora me lucía igual que la primera vez que la vi, de un blanco plateado, más pequeña. Divina, fascinante, limpia, despedía un aroma exquisito. Hice el intento de tocarla, pero no pude, era imposible. Fue aquí que le oigo decir:

-Yo no como pan.

¡Qué impacto he recibido, y qué voz por el amor de Dios! El tono de su hablar era un rumor angelical, igual que si pequeñas campanillas hubiesen comenzado a pronunciar palabras. Finalmente pude reponerme y le pregunté:

-Y, ¿tú qué comes?

-Solamente tomo vino del rojo.

-Tengo vino del rojo, ¿puedo servirte una copita?

-No, muchas gracias.

-¿Cómo te llamas?

-En donde resido me conocen por Loreta.

-¿Dónde vives?

-Allá, en el lugar donde mora Tirano.

-¿Quién es Él?

-Alguien que tiene cierta similitud con ese que ustedes llaman Dios.

Estaba viviendo un momento estelar. Jamás en la historia de los seres humanos se había producido algo así.

Y le dije:

-¿Puedo hacerte preguntas?

-Las que quieras.

-¿Por qué has venido a visitarme?

-Por nada especial, necesitamos a alguien para que sirva de instrumento. He sido seleccionada por El Concejo de Talentos para entregarte una encomienda.

-¿Quiénes son Ellos?

-Los que trabajan a las órdenes de Tirano, algo así como sus secretarios en cada una de las ramas de la creación.

-¿Cómo es Él?

-Es el Gran Creador, dueño y señor de todo lo visible e invisible; quien ha colgado las estrellas y planetas en el firmamento de ustedes. Él es, el hacedor de todo, con excepción de milagritos.

-¿No hace milagritos?

-Únicamente milagrotes.

-¿Por qué se llama Tirano? Ese nombre es ofensivo.

-Tirano es una palabra que ustedes han deformado. En nuestra comunidad es el vocablo de más prestigio. Él fue quien escogió su nombre, nos explicó muy bien por qué Él, es el único que puede llamarse así. Ha estado comentando que piensa retirarse, que está bien por un rato, pero no para siempre. Se ha franqueado con algunos de sus más allegados, y les ha dicho que el trabajo es agotador.

-¿Puedo llamarte simplemente Loreta?

-Seguro. Lo nuestro será con mucha naturalidad, nada misterioso ni sagrado, en esa acepción que ustedes le dan a lo que no pueden entender.

-¿Cómo le llaman ustedes al planeta Tierra?

-Son muy ampulosos, esto no es un planeta ni cosa parecida. Es sólo una migaja en el espacio sideral. En nuestra memoria aparece con el nombre de El Meñique.

-¡Cómo!, ¿tan insignificantes somos?

-Nunca olvides que lo más insignificante que sale de las manos de Él, es magnificente.

-¡Eso me gusta! ¿Podrías contarme la historia de cómo se formó lo nuestro, este enredo enorme en el que tenemos que vivir?

-¿Por qué no? Tienes derecho a saberlo. Es una historia larga que pienso contarte en poco tiempo. Como voy a entrar en materia que me interesa que entiendas, de aquí en adelante, unas veces usaré el nombre de Tirano y de El Magnífico, y otras el de Dios y el de Jesús. Esto te permitirá entender mejor lo que voy a explicar, teniendo muy en cuenta de que cuando digo Dios me refiero a Tirano. Y cuando digo Jesús estoy citando a El Magnífico.

Todo comenzó cuando Tirano dijo por primera vez, que pensaba retirarse; que aunque faltaba mucho todavía, estaba haciendo evaluaciones para delegar lo más importante e ir preparando al sustituto. También expresó que antes de entregar el mando, quería dar las órdenes necesarias para diseñar y poner a funcionar la cosa más original de toda su creación. Deseaba que esta idea que tenía en mente, fuera la corona para rematar su obra. Allí, delante de todos, comunicó:

-Es mi deseo, crear un animal talentoso, que lleve algo de la esencia mía.

Todos le dimos una salva muy grande, nos pusimos muy contentos, era un proyecto genial. Tirano siguió hablando:

-Encargo el diseño de este animal con inteligencia, así como el lugar para desarrollar esta gran aventura, a mis dos favoritos y más allegados en El Concejo de Talentos, a El Magnífico y a Constantino.

No cabían en aquel sitio los vítores que dimos en aquella hermosa y trascendental reunión. Tan pronto le entregaron la encomienda a estos dos, comenzaron las dificultades. Ustedes han dado mucho que hacer desde el comienzo.

Constantino y El Magnífico no acababan de ponerse de acuerdo. Los dos querían diseñar el animal, ya que descubrir el lugar donde ponerlo a vivir no tenía mayor relevancia. Esto llegó a oídos de Tirano. Los llamó a contar, El Magnífico diseñaría el encargo y Constantino con mucha dedicación conseguiría el sitio donde desarrollarlo.

Los convenció de que los dos mandatos tenían la misma dignidad. Que el uno sin el otro no funcionarían, ni podrían conseguir los objetivos que se estaban buscando. Después de esta primera reprimenda, pusieron manos a la obra con la mayor dedicación.

Una vez terminado el diseño, de haber encontrado la zona ideal para él, y de ambos estar satisfechos de haberlo hecho como se les mandó, en una de las tantas reuniones que tenemos, le presentaron el trabajo a Tirano.

Éste, lo estuvo observando largo rato, finalmente felicitó a El Magnífico, haciéndole notar que debía tener mucho cuidado con el seguimiento en el desarrollo de este milagro viviente, pues podría tener serias dificultades en sus primeras etapas de crecimiento. Elogió a Constantino por el paraje tan original que había descubierto, y lo responsabilizó con el encargo de mantener el balance natural.

Después con mucha parsimonia, se arrancó una diminuta plumilla, le quitó una pequeña barbilla, se la entregó a El Magnífico diciéndole que ese sería el toque divino, la esencia y fortaleza de este animal tan original. Allí, delante de El Concejo de Talentos, manifestó:

-Esta criatura mía se llamará «el hombre», sus descendientes serán mis hijos. Llevarán dentro algo de lo mío; llegado su tiempo alcanzarán las destrezas que ningún otro ser de la creación podrá lograr. Serán mi orgullo y el florón de mi reinado.

-¡Qué espectáculo! ¡Estábamos borrachos de alegría! Más que nosotros, El Magnífico y Constantino parecían un par de niños con un juguete nuevo.

-Loreta, perdóname que te interrumpa. ¿Qué aspecto tienen ustedes?

-Todos los que componemos El Concejo de Talentos, cuando nos reunimos y Él está dirigiendo la asamblea, tenemos que tener presencia física. Siempre acudo de gaviota en el estilo en que me viste la primera vez. No puedes tener una idea de la variedad que me ha sido necesario diseñar, para llenar las necesidades de los diferentes mundos que están bajo el control de Tirano.

Me llamaba poderosamente la atención aquello que me estaba contando esta gaviota extraterrestre, eran cosas imposibles de creer. Sin embargo, sentía muy adentro de mí, que aquello era cierto por la sola razón de oírselo decir a Ella. Y siguió conversando:

-Como te iba diciendo, todos tenemos que hacer acto

de presencia, Constantino es el delineante de los proboscidios. Generalmente se presenta de elefante acuático, algunas veces de elefante mariposa. Me fascina esta creación de Él. El Magnífico siempre llega de pavo real, no es posible imaginarse lo primoroso que viene.

El que nos eclipsa a todos, que no lo puedes mirar sin sentir una especie de goce supremo, es Tirano. Es el más garboso gallo que se puede concebir, en tonalidad verde con todas sus variantes: opaco, brillante, cromado, seco, claro, oscuro, difumado. Es la combinación más original que ha sido creada. De unos treinta pies de alto por dieciocho de ancho, y unos veintidós del pico al final de la cola.

En el año cincuenta de los nuestros, posterior a esta asamblea, Constantino se acercó a Tirano y le dijo:
-Vuestro Honor, el famoso diseño de El Magnífico está dando síntomas muy raros, son en general muy díscolos, tozudos y obtusos. Propensos a resolverlo todo a estacazos. Su conducta deja mucho que desear, mi honesta recomendación es que se dé una vueltecita por allá antes de que sea demasiado tarde.

Con la intención de que sepas como funciona nuestro tiempo, te diré que una hora de las nuestras, tiene el mismo equivalente a sesenta años de ustedes. Siguiendo el hilo de lo que venía diciendo, parece ser que Tirano se dio una vueltecita por aquí. Efectivamente, El Meñique andaba manga por hombro.

Regresó enfadadísimo. Nos volvimos a reunir. A El Magnífico le dieron una reprimenda. Allí mismo recibió el encargo de marcharse a convivir con los meñícolas hasta llegar a conocerlos, de que a la vez, tomara las medidas necesarias para erradicar aquel desorden. Con muy mal humor le dijo que tenía media hora para realizarlo.

Tirano se encontraba enojado de verdad, como en sus mejores tiempos. Estábamos seguros de que iba a producir una explosión para pulverizar a El Meñique, pero no lo hizo. Se calmó con el regaño que le propinó a El Magnífico, dándole órdenes tajantes para que estudiara a fondo el comportamiento de «aquel animal fabuloso que había diseñado». Esto último lo dijo con mucha sorna, sarcásticamente, con una risita muy socarrona que nos hizo reír a todos, menos a El Magnífico que le subían y le bajaban los colores de su plumaje.

-Loreta, ¿cómo es posible que Tirano trate de esa forma a sus más allegados colaboradores, siendo un Dios de amor?

-Dios no es amor en la forma que ustedes lo interpretan, **es armonía.**

-Aclárame otra cosa, ¿estuvo El Magnífico viviendo con nosotros?

-Durante treinta años en el tiempo de ustedes. Te acabo de decir que Tirano le había dado media hora en el tiempo nuestro para resolver todos los enredos que se habían creado en El Meñique.

-Si todo fue así, sigue con esa historia, que debe estar sumamente interesante.

-Verás. Cuando El Magnífico abandonó nuestra asamblea para cumplir con el mandato, Constantino le habló:

-¿Qué tienes en mente hacer?

-Voy a convertirme en uno de ellos hasta lograr entenderlos a fondo.

-Te recomiendo que seas cuidadoso, lo que estás pensando realizar es muy arriesgado. Serás talentoso, pero ese grupo diseñado por ti cuando se alborota es extremadamente agresivo.

El Magnífico se pasó viviendo con ustedes las edades
que se llaman infancia, pubertad y primera juventud.
Ese tiempo lo vivió con el grupo más avanzado de la
espiritualidad en El Meñique. Ustedes le llaman a este
sitio la tierra de Judea.

Según Constantino, El Magnífico había cometido tres
errores: Primero, los subestimó cuando ustedes son de
sumo cuidado. Segundo, no dejó nada escrito sobre sus
ideas, como nosotros no utilizamos la escritura, venía
con esa falla. Tercero, creó una comunidad con sus seguidores más allegados.

Cuando estos partidarios suyos se quedaron solos, todo
lo interpretaron a su forma y manera. No fue posible
hacerles entender lo que quiso decir, ni pudimos
frenarlos.

Comenzaron a coger fuerza, y mientras más preponde-
rancia conseguían, mayor era el embrollo. Cuando lo-
graron la pujanza necesaria, le impusieron a los otros
los modos de vivir que más les convenían. Hablaban
de un Dios de amor y de perdón, pero todo lo arregla-
ban a sangre y a fuego. Las lágrimas y sufrimientos
que ha costado este caos, han sido mayores que ningu-

na de las pestes y desgracias que la humanidad ha tenido que soportar. ¿Estarás capacitado para asimilar lo
torpe que son para proceder en esta forma?

-Loreta, tienes una capacidad para utilizar la censura
que da gusto. Sigue. Esto me resulta fascinante.

-Lo que estuvo muy original fue el regreso de El Magnífico. Llegó al cabo de la media hora que le habían
dado para su encomienda. Estaba allí, en el lugar de
siempre. Se le notaba muy molesto. Al principio no
podía hablar. Tirano le dio la palabra para que nos ex-
plicara lo sucedido. Contó que durante los tres últimos
minutos que estuvo en El Meñique, tiempo que había
utilizado para dejar su mensaje, ustedes lo llegaron a
poner frenético y como despedida, le habían dado una
golpiza inmisericorde.

Se quejó delante de nosotros mirando muy fijamente a
Tirano, diciéndole que se había cansado de llamarlo pero
no lo escuchó. Esa tarde Tirano estaba para el paso.
Dispuso que le enseñara a la asamblea como lo habían
puesto los meñicolas. Disfrutamos de lo lindo, de tal
forma que Tirano tuvo que imponer orden. Al renacer
la calma, comenzó a poner esa cara que sólo Él sabe
montar cuando va a reprender a uno de los nuestros.
Puso a El Magnífico que él mismo no se conocía. Pue-

do decirte que a pesar de aquella reprimenda, se notaba que no era un regaño de Tirano a Sumiso, sino la de un padre recto hacia un hijo querido.

-¡Cómo es posible! ¿Es que Tirano, es un tirano y ustedes no son más que unos sumisos?

-Sí, pero no en el concepto que ustedes han distorsionado estos términos: sumiso es ser obediente en la expresión más elevada. Somos dóciles a Él, en devoción, servicio y espontaneidad. Tirano no sojuzga a nadie, cualquiera puede abandonarle y no pasa nada. Es incapaz de usar su poder para someternos. Nuestra relación con Él, es en amor de amistad, entendiendo que éste no se impone, se conquista. Sobre esto tenemos un ejemplo que habla muy claro:

El servidor más allegado a Tirano en todos los tiempos, más capacitado que El Magnífico, por quien Él tenía predilección, llamado Luzyfé, una tarde que tuvo con él un desacuerdo grande por algo que había realizado indebidamente, se marchó y no ha vuelto, y tengo entendido que en todo este tiempo no ha hecho más que andar de majadero por los mundos de Tirano.

-Loreta, perdona lo que voy a decir, pero me sorprende mucho las formas que usas para expresarte de cosas tan sagradas. Te ríes de El Magnífico como si fuera algo insignificante. Cuando hablas de Tirano, lo haces con tal naturalidad que para mí rayas en una falta de respeto. Ahora mismo, acabas de decir que Luzyfé ha estado todo el tiempo de majadero. A mí esto me resulta muy chocante, ¿no te lo parece a ti?

-Te voy a contestar esa pregunta con las siguientes razones: como dice Constantino, el hombre es un ser muy original. Para ustedes lo más importante es la forma y los modos, la enjundia carece de mayor importancia. Aquello que ignoran lo vuelven misterioso. Lo que tiene que ver con el Dios que han fabricado como más les conviene, es dogma intocable.

Y a nombre de ese Dios que sólo vive para complacerlos, no se cansan de decir que son sus hijos y que todos son hermanos. No obstante, por una rara peculiaridad del grupo, les resulta imposible dilucidar ningún dilema, a no ser que lo hagan enfrascados en un baño de sangre.

Estudiarlos y seguirles el comportamiento resulta muy curioso, por un «quítame esa paja del ojo», fomentan una descomunal matanza donde mueren millones y ambos bandos fajados a muerte se dirigen en sus oraciones al mismo Dios, pidiéndole ayuda, capacitación y fortaleza, para lograr la victoria final.

¿No te das cuenta de lo idiotizados y corrompidos que tienen que estar, para llegar a sufrir ese afán enfermizo de violencia y crueldad? No, la cosa no es de palabritas, eso que tanto les gusta. Por todas esas deficiencias y muchas otras he sido enviada. ¡Ya lo verás!

Tan pronto terminó de decir: ¡Ya lo verás!, desapareció. Me quedé muy sorprendido, comenzando a dialogar conmigo:
-Esto no puede ser verdad. Algo así no le sucede a nadie. Sin embargo, la habitación está inundada de Ella. Recuerdo perfectamente toda la conversación.

Lo primero que hice después que se marchó, fue escribir a mano en un cuadernillo lo que sucedió. Me llamaba mucho la atención lo bien que lo memorizaba, tan preciso, tan claro. Muy pronto llegaron a mi mente un montón de preguntas:
-Dijo que venía de Allá, pero su forma de manifestarse es bastante popular. Cuando se refiere a Tirano, lo hace con tal naturalidad, que para mí es falta de respeto hacia Él. ¿No será la gaviota Satanás disfrazado? El diablo también hace milagros. Tengo que ser muy cuidadoso hasta cerciorarme de quién es en realidad. ¡Ya sé, le voy a contar a mis hijos lo que me ha pasado!

Cogí el teléfono, llamé al mayor de ellos. Cuando le fui a explicar lo sucedido, que lo tenía en la cabeza, no hubo forma de poder decírselo. Sabía que no era normal lo que me estaba ocurriendo, pero me daba igual. Después guardé lo escrito en un cartapacio y lo archivé. Tan pronto recibí la visita de uno de mis hijos, le dije:

-Necesito que leas esto para ver lo que piensas.

Saqué el legajo donde tenía la narración sobre el extraño encuentro, lo abrí y se lo entregué:

-¡Aquí sólo hay hojas en blanco!

Me quedé sin habla. Aquello estaba totalmente lleno con la historia de la dichosa mensajera. Me fue imprescindible decirle:

-Perdón, me equivoqué al darte estos papeles, espera.

Fui para mi archivo, lo guardé, saqué otro con correspondencia de mi hermano mayor. Le enseñé la carta que había recibido de él. Definitivamente me encontraba enredado en algo muy extraño. Estaba en las manos de alguien muy por encima de mí.

EL MENSAJE

PRECEPTOS-VALORES-CONCEPTOS

SEGUNDA VISITA

Una mañana dándole de comer a mis patos, percibo su fragancia exquisita. Comencé a escuchar sonidos armónicos que no son de este mundo. Y allí estaba, excelsa, más bella que nunca. Pequeñita como una codorniz, pero más preciosa que la más bella mariposa que jamás haya sido diseñada.

Lo que más me llamó la atención fue observar la actitud de los patos; permanecían clavados en la tierra con el pescuezo y las patas totalmente estiradas, con las alas abiertas pegadas a la hierba como si fueran cruces vivas. Se notaba a las claras que estaban rindiéndole homenaje a alguien que venía de muy lejos.

Estaba viviendo uno de esos minutos que son únicos, más allá de las experiencias que puede tener un ser humano; quedaba por encima de la belleza de la tierra y de las emociones que puede experimentar una persona. Fue como si la capacidad de gozar, sentir, amar, delirar, absolutamente todo lo que existe para premiar al hombre, se hubiera reunido en un solo deleite.

Me consideraba un ser armonioso en sintonía con mi Creador, parte de la naturaleza, muy consciente de la grandeza que rodeaba a mi espíritu, al inhalar la fragancia que de la hierba emanaba y al escuchar el susurro de la brisa, regocijándome de esta maravilla interior y exterior, hice mutis. Dejé este nivel vivencial para experimentar una serenidad que sólo pueden alcanzar los que mueren en paz. De regreso a la realidad, estaba sentado en una butaca con Ella en el hombro.

-¿Por qué tardaste tanto?

-Porque tengo muchos entuertos que enderezar.

-¿Qué estaban haciendo los patos tirados en el suelo en forma de cruces?

-Rindiéndole homenaje a Tirano, en presencia mía.

-¡Qué cosa tan original e incomprensible! ¿Cómo saben ellos que vienes de Allá?

-Son seres armoniosos que responden muy bien y no tiene nada de enigmático. Lo indescifrable que resulta para ti, nace del desconocimiento de lo que te rodea. Ustedes son de lo más originales, se pasan la vida escarbando las leyes de la naturaleza, el fondo de los mares, los picos más altos de la tierra, averiguando si existe vida inteligente más allá, pero son incapaces de mirar profundamente dentro de cada uno y tratar de encontrar la verdad: ¿quiénes son?... ¿por qué están aquí?... ¿a dónde van?... ¿cuál es la razón? ¿Nunca te preguntas estas cosas?

-Me preocupan enormemente.

-Pues de eso tendremos que hablar en su momento. No obstante, como una primicia, te voy a anticipar lo que sigue: para lograr descifrar a Tirano, primero es necesario aceptar que todo lo que sale de Él es armonioso. Que la armonía únicamente se consigue por el contrapeso. Es equilibrio por ser el producto de dos fuerzas en contraposición. Ese factor tan simple, es el dogma de la creación.

Si logras entenderlo, descubrirás que eso que el ser humano llama vida no es más que: hambre y llenura... descanso y fatiga... salud y enfermedad... goce y dolor... bondad y maldad... amor y odio... primavera y otoño... principio y fin.

Esto y mucho más, siempre en doble vertiente, polos opuestos. Lo grande, lo bello, lo justo, queda en el centro. Esta ley que afecta a todo lo que tiene vida se llama **«armonía»**, es la progenitora y la sustentadora de todo lo visible e invisible. Si la creación se manifiesta de esta forma, Tirano no tiene nada que sea misterioso ni sagrado. Únicamente es digno y respetable.

-Loreta, ¿de dónde vamos a sacar las fuerzas que nos faltan?

-Las llevan interiormente. La solución a todos los problemas está dentro de ustedes.

-¿Cuál es la encomienda que es necesario que realice?

-Poner en negro sobre blanco lo que he dicho y lo que diré. Dejando diáfanamente establecido que ha sido por dictamen mío. Que el texto que aparece en él, son mis **Preceptos, Valores y Conceptos.**

Quedarás obligado a ceñirte a mis revelaciones. Cuando digo que estás obligado, es porque aunque trates de modificarlo no podrás. Que quede bien claro en la mente de todos, que este libro es exclusivamente mío.

No deseo que nadie se adjudique vocación de profeta a costa mía... no ando buscando líderes con arrebatos del espíritu santo... no es mi objetivo fomentar nuevas iglesias... no me interesan ardorosos afanes por parte de ninguno. Quiero dejar sentado claramente, que no he venido para salvar al mundo. Éste lo tienen que salvar entre todos.

Es fundamental que descubran que he llegado para establecer las reglas que han de regir el nuevo rumbo. Y que los temas que serán desarrollados en el libro son normativos. Ahora paso a marcar los «Preceptos» que han de conducir a nuevas normas de vida. La primera parte de este libro constará de lo siguiente:

A-Dios no es amor, es armonía.
B-Tirano no hace milagritos, sólo milagrotes.
C-La conciencia es la voz de Dios.
D-Sólo existe un camino, «el amor de amistad».
E-El paraíso hay que forjarlo en la tierra.
F-La naturaleza es el ropaje de Dios.
G-Lo más importante es el grupo, no el individuo.
H-Todos tenemos la misma dignidad.
I-El matrimonio es algo más que amor.
J-El cuerpo humano es dignidad.

La segunda parte será el desarrollo de Valores:

A-Las raíces se les fijan a los niños de pequeños.
B-No se viene a la tierra a vivir mansamente.
C-El sexo hay que lucharlo hasta que fragüe.
D-La honra en el trabajo dignifica.

E-El dinero sólo es necesario.
F-El poder, únicamente en las manos de muchos.
G-La libertad como ustedes la interpretan, no existe.
H-El derecho de herencia es una confusión.
I-Aspirar a ser santos es una tontería.
J- Morirse es lo más natural.

La tercera y última etapa del libro, se compone de
la presentación de los Conceptos:

A-Una vida sencilla, siempre resulta una buena vida.
B-No sólo de pan vive el hombre.
C-El andar se rehace varias veces.
D-Triunfo sí, triunfalismo no.
E-Es necesario suprimir la mala información.
F- Es a las verdes y a las maduras.
G-Hay que ganarle la batalla a la ignorancia.
H-Existen problemas, y existen situaciones.
I-La felicidad no es como te la imaginas.
J-La esperanza es lo único que no se pierde.

La combinación de Preceptos, Valores y Conceptos, los
llevará a la conquista de la triple destreza que lo puede
todo: **Lapso de atención**... **luz en el entendimiento**...
y **fuerza en la voluntad.**

-Loreta, ¿qué va a suceder si esto no funciona?

-Funcionará, te lo aseguro. Ustedes no tienen vocación de suicidas. Y saben muy bien que si siguen así, tendrán un final muy trágico. Aún no han llegado a ser perfectos, pero son ilimitados por diseño, solamente les es necesario tiempo, enseñanza y capacitación. Es mucho lo que hay que enderezar, pero lo harán. Ahora por favor, no me interrumpas, voy a exponer «Los Preceptos». El primero, **Dios no es armor, es armonía**, ya lo expliqué, es el más sencillo. Por lo tanto doy paso al segundo:

TIRANO NO HACE MILAGRITOS, SÓLO MILAGROTES

-Es preciso discernir que nada fue como se lo contaron y se lo creyeron. El ser humano arranca en completa oscuridad, en las peores condiciones, inerme, con un cuerpo débil, sin garras. Cuando descubre lo que es, se llena de terror al percibir que físicamente está perdido en su lucha por la supervivencia.

Aquí se produce el paso corto de una carrera que será muy larga, al enfrentarse a su primera crisis. Comienza la gran aventura de poner a funcionar la inteligencia. Intuye que tiene algo que le falta a los demás animales que conviven con él.

El arribo del hombre a la tierra fue como el del niño aunque en diferentes circunstancias. Éste, cuando surge del vientre de la madre, llega completo, lleva dentro la capacidad de destrezas, talento, inteligencia, temperamento y fortaleza interior. Lo único que necesita es que le saquen lo que lleva dentro.

En el caso del hombre sucede lo mismo, todo lo lleva en potencia por esquema. En sus inicios su fuerza salvadora fue el temor que obliga a la manada a mantenerse unida.. La gran diferencia que existe entre humano y animal, radica en que éste responde a su instinto armonioso, y el hombre a la intuición, motivación, imitación y a la repetición.

Muy temprano descubrió el valor portentoso de sus manos. Era el único entre los animales que podía caminar, pararse, correr, y a la vez armarse de un madero para defenderse o atacar.

Desde el principio, la hembra comenzó a generar verdaderos conflictos, siempre al llamado del macho respondía favorablemente. Estos afanes mutuos produjeron serias dificultades. Él, resultó ser muy celoso y ella sumamente antojadiza. Esta situación trajo como consecuencia tener que separarse, tuvieron que dejar de ser manada para crear el núcleo familiar rudimentario.

Cada vez que el uno conquistaba a la otra, la alejaba de su grupo, buscaba una cueva, y comenzaban a fundar una familia cerca de los otros. Esta manera de vivir creó grandes problemas. Cuidarla se convirtió en verdadero dilema para él, ya que tenía que dejarla sola para salir en busca del sustento de ambos.

Como ella era difícil, con el mayor desenfado dejaba su guarida, creando con esto cólera en el que había sido abandonado, el cual, armado de un garrote salía a resolver sus primeros problemas hogareños. De esta historia de sangre y dolor, hasta hace poco quedaban vestigios. Eso de «apedrear a la adúltera», no era más que los vientos que dejaron aquellos comienzos. De este fenómeno y de muchos otros que les fue necesario superar, es que nace en ustedes el furor interior.

Sin embargo, el macho únicamente es robusto e impetuoso. Esto le facilitó en los comienzos apoderarse de ella y le permitió desarrollarse en todos los aspectos; no obstante, la verdadera fortaleza se encuentra en la mujer. Su capacidad de sacrificio, su vitalidad espiritual, su tenacidad para luchar frente a la adversidad, son superiores a las de él.

Durante este proceso largo, doloroso y sangriento, el humano siente por primera vez los acordes de eso que ustedes llaman «el sentido moral». Da comienzo uno de los resortes interiores más originales que posee, la voz de la conciencia. Muy levemente conoce el dolor interior, llegando a meditar rudimentariamente. Igual que en los comienzos fue el temor el que lo obliga a buscar la manera de vencer y crecer, en esta faceta secundaria, es su capacidad de sufrimiento lo que lo lleva a buscar nuevos objetivos.

En esta etapa aún oscura, germinan los primeros atisbos religiosos, la necesidad de comunicarse con algo que no sabe qué es, pero que le trabaja por adentro, que no lo dejará tranquilo ni un instante. Esto lo lleva a cometer los mayores desatinos, a crear en su imaginación las cosas más inverosímiles. Fomenta miles y miles de diferentes religiones en busca de lo mismo, lo desconocido.

El conjunto humano ha recorrido desde entonces un largo trecho. Toda especie animal tiene un proceso de tiempo en sus inicios, hasta que se define; que da sus primeras señales en su ciclo embrionario, muy lentamente, porque en esa etapa el modelo sólo funciona por generación espontánea.

Después comienza lo que pudiéramos llamar infancia, niñez, pubertad, el desarrollo a plenitud. Este largo proceso conlleva generalmente cincuenta años de los nuestros, veintiséis millones en el tiempo de ustedes.

Para que puedas valorar en su justa medida, los esfuerzos que son necesarios para conseguir «el animal talentoso que Tirano desea», desde que El Magnífico y Constantino situaron en El Meñique la yema que llevaba dentro el proyecto completo, hasta el día de hoy, ustedes se encuentran como grupo en plena pubertad. En cuanto al desarrollo de la inteligencia, únicamente han conseguido la primera etapa, les falta la capacitación intermedia, la superior, la avanzada, la etapa final, y después vendrá la mutación.

-¿Quieres decirme que estamos comenzando el siglo veintiuno dando los primeros pasos de la etapa intermedia de nuestro desarrollo intelectual?

-Así es.

-¿Cuánto tiempo tomará conseguir eso que llamas la etapa final?

-Dependiendo de los mejores resultados de mi viaje, dando por sentado que no han de haber saltos regresivos, la etapa intermedia ha de durar unos cuatro mil años, la superior seis mil, la avanzada otro tanto. La etapa final, unos veinte mil años.

-¡Eso es una eternidad!

-Te parece así, pero no lo es. El tramo que falta no es nada. Haz un repaso, evalúa el largo caminar de ustedes hasta llegar al lugar donde se encuentran.

-Es cierto, tienes mucha razón. ¿Qué cosa es «la mutación»?

-El destino final que Tirano les tiene deparado.

-¿En qué consiste?

-Lo sabrás. Cuando llegue el momento te lo revelaré.

-Loreta, ¿sabes que te saliste del tema central?

-No me he salido de él, para que puedas entender el por qué, tienes que asimilar primero lo que acabo de decirte. Y no me interrumpas más.

No importa los avances que han logrado con eso que llaman «la tecnología avanzada». Están muy lejos de intuir la relación que existe entre el grupo y La Fuente Creadora -Dios-.

Los griegos estuvieron a punto de lograrlo. Los romanos troncharon el proceso. El cristianismo en el primer milenio estableció el oscurantismo, generando con ello un salto regresivo.

Este rosario de penurias, que es la historia en donde el ser humano se va desarrollando, fue imprescindible recorrerlo. El hombre únicamente crece en dificultades. El niño surge del vientre de la madre en lucha... Cayéndose aprende a caminar... En crisis se produce la explosión de pubertad... En lid consigue sus mayores logros... Su vida es una perenne contienda.

El deleite de vivir a plenitud, brota de la capacidad para perseverar en el crecer, en el saber, y en el batallar. Es necesario adquirir el goce que produce el reto, una relación de amistad con la naturaleza, en una sana intimidad con Dios.

Al llegar a esta coincidencia, alcanzarán la luz en el entendimiento y la fuerza de empeño. Esto les permitirá conocer los ilimitados horizontes del poder de la voluntad, y obtener de esta forma los sanos afanes terrenales.

Ustedes no necesitan milagritos, únicamente envolverse en el ropaje de Dios, que no es más que la naturaleza exuberante. Vivir una vida sencilla que es lo único que vale. Con la fortaleza que ocasiona la honra y el honor de ser hijos de Dios. ¿Lo entendiste?, tienes que aprender a cavilar.

-¡Eh!, ¿por qué?

-Por ser necesario.

-De acuerdo con lo que me has dicho, ¿no tenemos que rezar para solicitar las fuerzas que nos faltan y pedir misericordia para nuestras dificultades y dolores?

-Todo lo contrario, por primera vez conocerás la fuerza que genera fuerzas, al hacedor de milagrotes. Aquél, que colgó las estrellas de la nada y mantiene las aguas en sus cauces. Te lo revelaré cuando te hable de: La naturaleza es el ropaje de Dios.

-¿Entonces Tirano se ocupa de nosotros?

-Ustedes son, utilizando una expresión muy popular «el arrebato de Él»

-Ya vuelves con tus dichos populacheros. ¿Cómo puedes manifestarte de esta forma de alguien que es tan sagrado?

-Tranquilízate, a mi me gustan las expresiones que el pueblo utiliza para manifestar sus mejores sentimientos. ¡Oye bien esto!, lo único sincero, que vale, que mantiene la esencia de la Creación en el ser humano, proviene del hombre sano y sencillo de la calle. Ustedes están empeñados en creer que lo más importante es la forma y los modos. Lo único genuino es la naturalidad, lo demás es falso.

-¿Quieres decirme que somos unos falsos?

-Falsos... santurrones... arrogantes... ambiciosos... desleales... y mucho más.

-¿Crees de verdad, que lo que estás diciendo puede aparecer en un libro?

-Seguro, y ponerle todo lo que falta.

-¿Qué va a pasar conmigo, voy a morir amarrado a un poste como Juana de Arco?

-¡No te pasará nada!

No hizo más que terminar de decir «no te pasará nada», se esfumó. Me quedé solo, muy preocupado:
-¡Esto no puede ser verdad, aunque es la tercera vez que la veo, y la segunda que viene a visitarme! Lo que me sucede no tiene sentido, no puede existir algo así.

¿No será un sueño? Imposible. El sofá está impregnado de Ella. Además, un sueño no se puede recordar de la forma tan clara que lo tengo en mi mente. Voy a hacer lo que siempre hago cada vez que ha venido a visitarme, escribirlo para seguir su historia.

Me puse a redactar su visita con el mayor cuidado. Lo archivé en el legajo mío. Y por primera vez desde que comenzó lo de Loreta, sentí algo que quedaba por encima del miedo. El temor no me soltaba un instante.

En los primeros días después que se marchó me sentía muy mal. Vino a salvarme lo que llamamos un día tras otro. Aquello fue mermando poco a poco, la rechazaba cada vez que trataba de meterse en mi imaginación.

Me compré una pequeña casa de tres habitaciones muy cerca de allí. Un lugar precioso con su campo de «golf» y un «Boulevard» que conduce a otros conjuntos de viviendas, con una flora exuberante.

En este ajetreo invertí más de tres meses. Había transcurrido mucho tiempo desde su última visita. Comencé a pensar que no vendría más, me había mudado, y aquí no tenemos el precioso lago de mi anterior comunidad.

El DESARROLLO

de los

PRECEPTOS

TERCERA VISITA

El viernes veintinueve de octubre, día de mi cumpleaños, alrededor de las dos y treinta de la tarde, saliendo con el carro del garaje de mi casa, prendo la radio y comienzo a escuchar «Happy Birthday to you», y al finalizar el canto, escucho:
-Felicidades en tu cumpleaños.

Y con la misma, el interior del coche se inundó con la fragancia que siempre le acompaña. En ese momento, estaba comenzando a situarme en el «Boulevard». Iría a una velocidad de diez quilómetros por hora, cuando veo que Ella estaba danzando su ballet favorito, a unos cinco pies de distancia del cristal parabrisas y a dos por encima del bonete.

Más hermosa que nunca, diminuta, tal vez, del tamaño de un ruiseñor, en las tonalidades que tiene el color orquídea, desde el blanco al casi púrpura. Estaba sublime, era un pedacito de cielo viviente bailando frente a mí con esa melodía hechicera que no es de este mundo.

No me quedaba la menor duda, Loreta era un destello salido de las manos de Dios. Algo así, sólo puede surgir de La Fuente Creadora. Y como de costumbre sentí que me marchaba. Cuando regresé, íbamos a la velocidad de ciento veinte quilómetros por hora. Estábamos rodando por la Autopista del Sur. A la gaviota la tenía posada en el hombro derecho.

No me encontraba sorprendido ni asustado, actuaba de lo más natural. Siempre me ocurre lo mismo al principio de cada visita, vivo experiencias sensoriales a niveles divinos, después pierdo el sentido de la realidad, y al despertar me encuentro en una paz que no tiene explicación.

-¿Te gustó mi «Happy Birthday», creías que no iba a volver porque te habías mudado?

-Loreta eres única, ¿quién está guiando el carro?

-Está bajo control, no te preocupes, olvídate de él.

-Está bien, será como lo deseas. ¿Qué tienes en mente?

-Continuar con la explicación de los Preceptos, el próximo que nos toca es:

LA CONCIENCIA ES LA VOZ DE DIOS

-El ser humano, arrastra una gran confusión con lo que él llama «mi relación con Dios». Vive convencido de que lo están observando minuto a minuto, acción por acción. Hay que ser sumamente corto de entendimiento, para no darse cuenta de que no puede ser de esta manera. A Tirano, no importa lo grandioso que es, ni su capacidad ilimitada para realizar lo que se propone, le resulta imposible estar a la caza de las cosas que hacen los meñicolas.

Ahora bien, en el diseño de la formación de esta criatura, existe un mecanismo que constantemente lo une a su Creador. Esta peculiaridad se llama **«la conciencia»** y es el medidor de todas sus acciones. Se va desarrollando en cada uno, en la medida que se capacitan. Por lo tanto, la conciencia es la voz de Dios.

Si deseas conocer cómo vives, actúas y eres, tan sólo necesitas escuchar la voz de tu conciencia. Aceptando con espontaneidad que aquello que tiene que ver con tu creador es muy sencillo. No tiene nada que sea misterioso ni sagrado, solamente de respeto. No puedes romper con Él, mejor dicho, no debes, pues será sumamente doloroso para aquel que lo haga.

Si cuando sientes que te duele la conciencia porque sabes que has actuado mal, consigues enmendar esto, de tal forma que si fueron ofensas lo que hiciste le pediste perdón al ofendido, si fue daño arreglaste el perjuicio, descubrirás la gran satisfacción al saber que estás actuando en sintonía con Él.

Si por el contrario, el mal que has realizado no puedes repararlo por no estar en tus manos hacerlo, siempre en estos casos tienes la mejor solución: «el acto de contrición». Tu dolor interno te permitirá acercarte a Él y pedirle el auxilio supremo, que te capacite para actuar mejor en el futuro.

Al descubrir esta comunión interior, entre el dolor de tu conciencia y el deseo de cambio, vislumbrarás que aquí nace una sana y natural intimidad con tu Dios. Esto te llevará a conocer la belleza que rodea a tu persona, disfrutarás de la naturaleza, y amarás a tu prójimo, observando que el amor hacia Él debe tener la misma naturalidad que la relación entre padres e hijos que se quieren y se respetan.

-Loreta, ¡esto es sumamente vanguardista!, en El Meñique hay mucho fanatismo con la religión. Te garantizo que cuando este libro salga a la calle formará un alboroto de padre y muy señor mío. ¿Por qué no lo haces de forma diferente?

Te has empeñado en que sea yo quien presente la cara, esto no es razonable. ¿Por qué no te paras en la misma punta del monumento La aguja de Washington, en la capital del mundo? Estando allí, paralizas el tránsito, detienes en el aire a los helicópteros y a los aviones, con la sola intención de que acepten tu fuerza y poder. Hablándoles de tal forma, que lo que digas, salga por la televisión en los hogares y por la radio de los automovilistas.

Esta forma sería muy simple para ti, en diez minutos modificarías radicalmente la trayectoria de nuestro futuro. Dices y repites que Tirano no hace milagritos sino milagrotes, ¡haz éste! Para que pueda zafarme del lío en que me tienes metido a la brava, que presiento que no va a parar en nada bueno para mí.

-Falso, lo que dices no funcionaría en lo absoluto, ese no es el camino ni la forma en que tiene que ser. Si lo hiciera, con lo milagreros que son, a los quince minutos no se cansarían de pedirme, milagros y más milagros.

Lo único que escucharía a mi alrededor sería: ¡Gaviota, quiero un barco para mí!... ¡Yo quiero un palacio bien grande y lindo!... ¡Cotorra, dame unas vacaciones por el mundo entero, quiero verlo todo!... ¡Quiero esto, aquello, mucho más!... ¡Para mí, todo, absolutamente todo!...

Te garantizo que si siguiera tu consejo, todos terminarían locos. Al segundo día me perderían el respeto. Como no los complazca, serían capaces de hacerme lo mismo que le hicieron a El Magnífico.

-¿Por qué dijiste: «Cotorra, dame unas vacaciones»?

-Porque me dirían eso y muchas otras cosas, como tendría que estar allá arriba en la aguja y ustedes aquí abajo, me confundirían con una cotorra o con un zopilote. Vete a ver, ustedes son capaces de esto y mucho más, por lo tanto la cosa será muy diferente. Tendrán que andar escalón por escalón, cuesta arriba, en lucha y en dificultades.

Mi viaje a El Meñique tiene un sólo objetivo: que los de aquí alcancen la habilidad para ajustar el vuelo, que puedan detectar debidamente la ruta marcada por Tirano hacia esa meta solamente conocida por Él.

Lo que sí puedo adelantarte es, que cada vez serán mejores, disfrutarán más de los bienes de la tierra. Finalmente, a la llegada de la plenitud absoluta, habrá un premio para todos los que han tenido que cruzar este camino.

-Nos dijeron que la plenitud de los tiempos se produjo hace dos mil años, a la llegada del Redentor. Ahora me sales con lo de la «plenitud absoluta», esto me confunde.

-Nada de confusiones, aquélla, únicamente fue una de las plenitudes. En cada una se produce un ajuste para encaminarlos. Siempre en estos casos usamos un enviado muy especial.

-¿Luego, soy yo, el enviado en esta plenitud?

-No, no eres más que el instrumento que necesitamos. Te he explicado que soy yo, que el libro es mío, que llevará el título que te he ordenado ponerle. Eres sólo el envase que vamos a utilizar para plantearle al grupo lo que necesita.

-Si es así, ¿por qué me utilizas a mí?

-Por nada especial, alguien tiene que hacerlo.

-Conociendo a mi gente, sabiendo cómo es y cómo procede, estoy seguro, que a quien le va a tirar de las orejas a pesar de lo que dices, es a mí.

-Si así sucede, es cosa tuya, serás famoso, trascenderás,

pasarás a la historia, eso que tanto les gusta.

-Contigo no se puede, sigue hablando de: La conciencia es la voz de Dios.

-Ya terminé.

-Por favor, ¿puedo hacerte una crítica?

-Hazla.

-Me imagino, que vas a seguir con tu perorata de lo próximo que toca. Es cierto que solamente estamos empezando, pero en esta forma no funcionará este libro, por ser un monólogo aburrido.

Me siento maniatado, no te enojes, pero eres muy autosuficiente. Serás una sabelotodo pero yo también tengo inteligencia. En mi opinión podría participar con mis ideas, expresarte por qué somos así.

Según me lo contaste en tu primera visita, El Magnífico había cometido tres errores, y uno de ellos fue que «no dejó nada escrito». ¿Crees honestamente, que por dejar en un libro tu filosofía de la vida, los de aquí van a cambiar? Si lo piensas así, estás equivocada.

Por otro lado, no puedo ser en este libro un «lleva y trae». Hasta ahora me siento en esta forma. Sometido a tus normas y modos, si deseas que esto que estamos haciendo sirva, tienes que soltarme, necesito libertad y poder ripostarte.

-Eres muy inquieto, no te desesperes. Es cierto, en este momento te encuentras atado, ten paciencia, esto lo haremos en la mejor de las formas. Solamente hemos dado el primer paso del libro.

Y ahora, por favor, déjame seguir con:

SÓLO EXISTE UN CAMINO «EL AMOR DE AMISTAD»

-El amor de amistad es el amor verdadero, el que viene de Dios, porque fragua a los demás amores. Todos los otros, arrancan sometidos e impuestos.

El único padre que disfruta en grande a un hijo, es aquél que logra convertirse en amigo de él. La única hija que siente la alegría de estar acompañada de su madre, es aquélla que se vuelve su amiga. Los únicos hermanos que se complacen mutuamente, son los que juntos se volvieron amigos. En el matrimonio se alcanzan las mayores alegrías, si la pareja desarrolla una buena amistad, además de lo otro.

El amor de amistad es capaz de hermanar a los que pertenecen a familias diferentes. Lo que modifica este patrón, es lo siguiente:

Ustedes son araña y mariposa. En los primeros tiempos, para poder erguirse, no les quedó más remedio que aferrarse a la araña, a como dio lugar, debido a una historia llena de luchas, pasiones y agonías. Por haber tenido que cruzar un camino de tribulaciones, fue por lo que el ser humano se acostumbró a vivir con el dolor y la violencia.

Por otro lado, el hombre desconoce que está modelado para amar en amistad. Jesús, Zâkyamuni, Francisco de Asís, La madre Teresa y muchos otros, no son más que los ejemplos de esta destreza en ustedes.

El amor verdadero es parte estructural en el diseño, se aviva en una adhesión amistosa con Dios, en una confianza respetuosa sin temores, y en una entrega redentora que es fuente de grandes esperanzas.

Por predilección, ustedes son hijos del Supremo Hacedor. De todos los billones de seres vivientes que existen en la tierra, pertenecen a los poquísimos que tienen el raro privilegio de ser una persona.

No son más que unos cinco mil millones, pero muy singulares. Los únicos que pueden disfrutar de la risa, del soñar, amar, trascender, y mucho más.

-¡Acaba de acercarte a mí! Es el grito constante y peremne de Dios, en el caminar del ser humano. Aquello que ven, sienten y viven, es presencia de Él. Es, el llamado constante que dice:
-¡No me rechaces más!

Fue Él, quien te trajo a la vida, te dio los sentidos, te llevó en etapas hasta la edad actual. Te regaló la infancia, primera juventud, adultez y mucho más. Que lo puedes mirar en el niño que nace, en la madre abnegada, lo sientes en el susurro de un arroyo, en el sonar de un río, en las olas del mar.

Estas cosas sublimes, aunque tú no las veas, son tu Dios que convoca, que llama, que sólo aspira a decir a su manera:
-!Ven a mí!

Por amor verdadero, una madre es capaz de lograr lo imposible por el bien de sus hijos. Dos jóvenes que no se conocen, totalmente diferentes, si son tocados por esta magia, ya no podrán separarse jamás.

Para llegar a esta forma de amar, es necesario aprender a contemplar. Surge de la necesidad de acercarnos a Dios. Lograrlo es relativamente bien sencillo, solamente exige regresar a tus orígenes, a la naturaleza. Es aquí, donde el Creador se manifiesta en toda su magnificencia, hechicero y audaz.

A través de la contemplación disfrutarás de esta maravilla. Hay que distinguir que contemplar no es mirar, analizar o tratar de descubrir. Tampoco es arte ni poesía, es un estado muy ajeno al saber. Sencillamente es un desbordamiento que te inunda el sentir.

-Loreta, ¡qué cosas tan originales y profundas has dicho!, aunque pienso que el hombre sencillo no va a entender nada de esto.

-Es posible que algunos no lo entiendan, pero aquellos que lo asimilen se encargarán de ellos.

-Si tú lo dices, lo creo, no obstante, me gustaría preguntarte algo que me choca mucho.

-¿De qué se trata?

-Explícame: ¿Por qué se sufre tanto en la tierra? ¿Por qué existe tanta violencia? ¿Por qué tantos niños enfermos que sus enfermedades no tienen cura? ¿Por qué tantos divorcios con su secuela de hijos abandonados? ¿Por qué tantos accidentes donde muere gente tan joven o quedan inválidos para toda la vida? ¿Por qué ese afán desmedido por el goce de lo sensorial? ¿Por qué tanta droga? Y finalmente, ¿qué va a ser de nosotros?

-¡Esto no es una pregunta!, es un racimo de interrogaciones, empero, te las voy a contestar. Todas en lo fundamental tienen la misma respuesta, poseen un fondo común.

Ustedes se han separado de la naturaleza, abandonaron la vida rural para hacinarse en las ciudades. Al separarse de la vida campestre, se alejaron del contacto directo de la creación. Lo demás vino poco a poco.

Al llegar a las ciudades se olvidaron de la vida comunitaria. Cada uno por imitación, por motivación, por egoísmo o por envidia, tomó la decisión de construir su propio mundo.

Finalmente se separaron del amor, no lo conocen, se han confundido con él. Solamente disfrutan los goces materiales. La satisfacción que les produce tener algo que les pertenece, que es de ustedes.

Con oírlos hablar, se descubre fácilmente como son. Si habla la mujer, lo hace de la siguiente forma: mi marido... mi familia... mis hijos... mi casa. Lo mismo sucede con el hombre. Lo único que emiten son términos que indican posesión. Por estas cosas que les pertenecen sienten verdadera pasión, y cuando las pierden sufren mucho. Se han quedado en la dimensión del goce y del sufrimiento. De este estilo de vida nacen los grandes dolores que padecen.

Una de las mejores experiencias del ser humano equilibrado, es luchar por la creación de una familia como debe ser. Pero al no conocer qué es amar ni lo que es el matrimonio, él sigue siendo lo que siempre fue, un egoísta, y ella una posesiva.

Por estas peculiaridades, muy fácilmente rompen el vínculo matrimonial. Tiran a los hijos. Con el mismo desenfado, vuelven a comenzar el juego en otro sitio, para seguir despedazando vidas. Como no entienden lo que es el amor, no se lo pueden transmitir a sus hijos. Solamente los desean, por ellos sienten auténtica predilección. Tampoco los saben educar: de pequeños los gozan, los malcrían, sin darse cuenta de que a los niños hay que situarle a tiempo los valores que luego dan su fruto.

Como no le pueden dar amor, le ofrecen regalos: patines, bicicletas, televisores, videocaseteras, ordenadores. Finalmente: fiestas, regalos, automóviles, dinero. Y aquella cosa preciosa que se les concedió, se va dañando poco a poco, con una constancia que da sorpresa verlo.

En fin, el hijo no debe pasar necesidades, tiene que tenerlo todo, no puede ser menos que otros. Sin alcanzar a discernir que únicamente el niño crece interiormente, retándolo con moderación y disciplina. Aquel hijo divino, se va distorsionando por adentro. Sólo piensa en cumplir dieciséis años, para que le den su carro, ¡mi automóvil!

Como lo que lleva dentro de su cabecita se lo pusieron por la televisión, la imagen que tiene de la vida es pura fantasía, su sentido de la realidad no existe.

Es aquí, que aquel niño grande, sin valores humanos ni espirituales, de repente descubre que puede regodearse a plenitud, que le es fácil adquirir el disfrute de lo sensorial.

Al encontrarse en esta encrucijada rompe con aquello que lo ata a sus progenitores: sólo aspira a ser libre, conocer su mundo, vivir su delirio, aquella mal asimilada información que le vendieron por la televisión.

Aquel desgraciado infeliz sin tener ninguna culpa vive en estado febril. Igual a una mariposa nocturna que vuela en busca de la luz incandescente, para morir incinerada.

Cuando existen en un pequeño mundo como éste, millones de estos casos, las cosas que pueden suceder son impredecibles. Como el grupo rompió con la conciencia, vive solo, fuera del control de Dios, cada uno tratando de encontrar un destino a su manera.

Éste, se separó de sus padres... aquélla, después de sus primeras experiencias con los hombres, no quiere saber nada de ellos y se buscó una amiga... el otro, sometido por los afanes desmedidos de la carne, busca nuevas fronteras.

Las drogas, las muertes prematuras, los niños que nacen atrofiados, no son más que el producto del estilo de vida creado por ustedes.

Los divorcios y el abandono de los hijos, son consecuencia de la ausencia completa que tienen de lo que significa el matrimonio.

El «sida», ese engendro asesino que amenaza con exterminarlos, no es más que la rebelión de la naturaleza gritando que paren el desorden que tienen, un aldabonazo a la cordura, diciendo:

-¡Locos! ¿A dónde quieren ir?

Cuando llegan a sus casas al atardecer, neurotizados por la calle, deshechos por las presiones que tienen que vivir debido a los trabajos que realizan, no se dan cuenta de que una madre cansada es la peor madre que existe. Lo mismo sucede con el padre.

Y entonces de súbito, todos: niños, padres, abuelos, tíos, como si fueran almas que el diablo se las quiere llevar, buscando evadirse de la realidad que los rodea, se pasan las horas que les quedan, sometidos a ese monstruo que los tiene sojuzgados, -la televisión- el gran tirano de las sociedades que se llaman libres.

La influencia de esa trasmisión de imágenes que no los deja pensar, que todo se lo entrega en bandeja de plata, que no les permite hablar, que no admite comunicación con la familia, que los convierte en lo que son, **«autómatas».**

Por lo que acabo de decir, que es lo que está sucediendo en El Meñique, tiene que haber en cada hogar un hombre de pantalones largos, capaz de calzarse la paternidad responsable con todas sus implicaciones. Y una madre como Dios manda.

-Loreta, ¡qué bien lo dices a veces!, ¡qué falta nos hacía tu visita!, alguien que nos hablara en esta forma. Gracias por haberme escogido para esta encomienda. Pero, dime una cosa, ¿somos en verdad tan limitados?

-En potencia son muy talentosos, mucho más de lo que se imaginan. Pero, en este momento andan muy mal. Es ineludible enderezar el rumbo.

-Mi profesora, qué interesante es poder estar contigo y disfrutar de tu sabiduría. Me tienes conquistado, tú que lo puedes hacer, transfórmate en una María Estuardo, Cleopatra, o en una de las diosas griegas. Y agarrados de las manos caminaremos juntos. Eso tendría que ser una gran aventura. ¿Qué te parece?

- ¿Qué me parece? ¡Toma!

-¡Aaaayyyyyyyyyyyyyyyyyy!

Jamás he sentido un dolor tan violento. Como si un ci-

lindro de esos que se utilizan para pavimentar las carre-
teras me hubiese pasado por encima. Fue un dolor de
cuerpo entero. Todos los conductos de mi ser fueron
sometidos a extrema tensión, hasta fragmentarlos. Esta
experiencia debe haber durado sólo segundos.

Después pasé a un estado de paz absoluta que duró una
semana, un mes, un año, un siglo. Como si el tiempo y
la distancia ambos mancomunados, hubiesen creado la
dimensión ilimitada.

Cuando regresé a la realidad me encontraba en el patio
de casa, estaba fumigando los árboles. Me fui a la ofi-
cina, me senté, y comencé a repasar en mi mente las
cosas que habían sucedido.

Todo comenzó saliendo del garaje a las dos y treinta de
la tarde, al entroncar con el «Boulevard» apareció Ella.
Luego perdí el conocimiento, cuando lo recobré estábamos corriendo a ciento veinte quilómetros por la Autopista del Sur.

Debo haber estado hablando por horas, aquello estaba
grabado en mi memoria con una exactitud que me resultaba incomprensible. Sentía una cosa muy extraña,
debido al espacio de tiempo que me separaba desde que
había salido de casa.

Estando en estas reflexiones se me acercó doña Amparo, la señora que atiende los deberes de la casa, para decirme:

-Me marcho, son las seis de la tarde, que termine bien su día de cumpleaños.

Aquí me di cuenta de que habían transcurrido tres horas y algo más, desde mi famoso encuentro con la mensajera. Y me dije:

-¿Cómo es posible que puedan suceder estas cosas? Para mí hace un siglo que salí de aquí y me encontré con Ella.

Me puse a escribir lo que me había pasado. Ya tarde en la noche me sentí mejor, dormí como un lirón. Doña Amparo, que tiene llave de la casa, me despertó cuando le oí decir:

-¿No piensa levantarse? Son las once, ¡qué manera de dormir!

Me levanté, me puse a revisar el trabajo realizado la noche anterior. Al volver a leer esta larga historia comenzó mi gran preocupación por la encomienda de mi visitadora. Aquel legajo que tenía entre mis manos pedía a gritos la labor profesional de un editor.

Me preguntaba una y otra vez: ¿cómo es posible que Ella que lo sabe todo, que no tiene fronteras, que es puro talento, no hubiera pensado en esto, facilitándome la posibilidad de hacerlo como exigen las reglas de nuestra gramática?

Me hallaba en este soliloquio cuando siento que de nuevo se posa en mi hombro. Al instante fui inundado por esa fragancia que es única.

-¿Por qué estás tan preocupado?

-Pensaba que tardarías semanas en volver.

-No me había marchado, sólo te dejé por un momento. Consideré de muy mal gusto tu imprudencia, el más elemental sentido común debe indicarte que entre nosotros dos existe la distinción del magisterio.

-No te lo dije con segundas intenciones, todo lo contrario, sino como tú dices, en amor de amistad.

-Lo que tú no entiendes, es que lo de ustedes siempre comienza con las mejores intenciones, y terminan haciendo lo contrario.

Que no quede duda alguna, será la única vez que te lo diga, de aquí en adelante andarás como una vela. Y que no se hable más de esto. ¿Cuál es tu preocupación con la gramática?

-¿Es qué también puedes descubrir mis pensamientos?

-Yo lo puedo todo.

-Si es así, ¿por qué existen deficiencias gramaticales en el trabajo sobre nuestros encuentros?

-Por la sencilla razón de que no hablo ningun idioma. Nosotros, los que participamos en El Concejo de Talentos, nunca utilizamos palabras para comunicarnos, nos filtramos nuestros pensamientos e ideas de talento a talento, algo así como un estado de ósmosis intelectual. Puedo conversar contigo porque utilizo tu destreza del habla. Esta peculiaridad mía, me permite enviarte mis ideas y recibir las tuyas.

También por ser así, tus limitaciones me las pasas a mí. No hay nada que temer. Al finalizar lo que tengo que decir y que lo hayas escrito, se lo entregarás a un editor, haré con él lo mismo que contigo, tan sólo podrá corregir los defectos gramaticales.

-Tienes mucha razón, esta es la solución, es verdad que para ti, no existen fronteras.

-Tú lo has dicho, así es.   Ahora voy a proseguir con:

EL PARAÍSO HAY QUE FORJARLO EN LA TIERRA

-Paso a enfocar a fondo, uno de los temas que más me interesa. Viven en una confusión de tal naturaleza, que de este embrollo que han armado no salen solos, no importa lo que hagan. Te haré ver la distorsión enorme en la que creen ciegamente.

Viven convencidos de que las cosas se resuelven creando mecanismos. En el deseo de que alcances lo que quiero que veas, voy a comenzar de lo sencillo a lo complejo:

Para luchar contra el crimen, la policía, si el crimen aumenta, mejora el cuerpo represivo. Si hay desigualdad social por existir una clase privilegiada y otra oprimida, terminan fomentando una revolución que lo echa todo al piso, y entonces los que estaban abajo zurran a los que se hallaban arriba.

Son muy dados a los alborotos y a las frases lapidarias. Durante la revolución francesa crearon el lema «igualdad, libertad y fraternidad» y, ¡qué manera de correr la sangre! De allí salió Napoleón, que barrió a Europa entera con sus seguidores. ¡Qué fue aquello, cuando se les ocurrió lo del paraíso de los trabajadores! Causó más de cien millones de muertos.

¿Para qué hablar de los padecimientos que ha costado en Occidente convencer al grupo, con eso del Dios amor? Cuando Lutero clavó sus noventa y cinco tesis en las puertas de Wittemberg, poco más y desaparece Europa.

Aquí es necesario destacar, que cuando a ustedes les meten algo en la cabeza, únicamente matándolos es posible sacárselo.

¡Eso sí!, hay que decirlo en honor a la verdad, todo lo hacen con las mejores intenciones. Lo de ahora es: los derechos civiles... la liberación femenina... el aborto... las minorías... y los homosexuales.

Donde se merecen el premio Nóbel, es con la ley de los derechos civiles. Con esto se han vuelto diez veces más locos de lo que ya estaban.

Nunca han desconfiado tanto unos de otros como ahora, con eso de «mis derechos». Jamás han sido tan calculadores, todo el tiempo rumiando por adentro:

-Como me haga algo me busco un abogado y le quito cuanto tiene.

Los patronos desconfían de sus obreros, y éstos resienten a sus patronos. Los médicos se cuidan mucho de sus pacientes, y los enfermos únicamente piensan en que aquél les falle en algo, para endilgarle un pleito por negligencia médica.

Lo que sigue, son ejemplos que ilustran lo que quiero que entiendas: una señora acude a la consulta de su médico por tener un dolor abdominal. Como el doctor tiene que andar con mucho cuidado para que no le vayan a pillar con eso de «mala práctica», le escucha la historia y la examina.

Al minuto sabe lo que tiene, es parte de la rutina diaria de un consultorio. Pero como están las cosas entre el paciente y el doctor, éste, para guardarse las espaldas, le receta una gama completa de laboratorios, cosa que no pueda quedar la menor duda de que el café es lo que le está creando el malestar.

Como consecuencia de esto le aplicaron una sigmoidoscopía. Al encontrarle pequeñas adherencias en los intestinos, le mandaron una muestra al patólogo, y cuando el doctor comentó con ella:

-Te mandé a hacer una biopsia, para estar seguro que no tienes nada malo; no debes asustarte, es pura rutina, pero debo hacerlo.

Como son así, desde el mismo momento en que el médico terminó de decirle «pero debo hacerlo», ella quedó cruficada en completo arrebato interior. A partir de ese instante, no existe en todo el Universo quien le pueda sacar lo que tiene clavado en su imaginación. De ahí en adelante no hace más que decirse:

-Lo sabía, no se lo había dicho a nadie, pero yo lo sabía. Lo mío es un carcinoma maligno. ¡Qué cosa tan grande, Dios mío, qué va a ser de mis hijos!

Aquello tan sencillo como es una dolencia abdominal, que pudo resolverse fácilmente con una visita, donde esta señora hubiera salido sumamente satisfecha, diciendo:
-¡Qué agradable es este doctor!
Sale de aquella consulta, en estado de semi-locura.

Ahora voy a pasar a serios interrogantes:

¿A quién representa, en los tiempos actuales, un jurado encerrado dentro de una corte cuando está juzgando un caso de las minorías dominantes? Da vergüenza ver el temor que llegan a sentir aquellos que tienen el deber de mantener el orden en las grandes ciudades.

¿Qué significa el cuerpo policíaco en la calle, cuando sabe que su trabajo con los delincuentes, la mayoría de las veces es tiempo perdido?

¿Qué instrucción puede impartir una maestra en un aula de segunda enseñanza, -llena en exceso- rodeada por esos pubertos que ustedes llaman nuestros niños?

¿Qué es en realidad hoy en día una escuela pública o privada?

¿Qué es un hospital en estos tiempos?

¿Es capaz alguien de descifrar lo que sucede en «la Bolsa de valores»?

¿Dónde radican los verdaderos fines de la banca?

¿Qué es realmente eso que los medios de comunicación llaman «mass media»?

En cuanto a las relaciones humanas es peor. La familia de hoy -en esta sociedad criminalizada, permisiva y triunfalista- anda al garete. La hija refunfuñando:

-Mamá me tiene loca, no la resisto, este lugar es un infierno, me largo de aquí, voy a vivir mi vida como me dé la gana, ¡quiero probarlo todo!

El hijo, gritándole al padre:

-¡Qué razón tienes para venir a hablarme! ¡Tengo el derecho de vivir mi vida a mi manera, no te metas en ella!

-Por favor, Loreta. Tienes una capacidad de crítica que es demoledora. ¿Cómo puedes expresarte en esta forma de esas instituciones tan reconocidas que tenemos.

Perdóname que lo diga, para mí eres un poco simplista, el problema de las minorías es mucho más profundo que como lo pintas. Este fenómeno es producto de muy viejas y grandes ofensas.

Por otro lado, ¿no concibes que nos vamos a buscar el odio de todos? Lo que menos entiendo, es que hayas llegado a este país, donde miran a la mayoría de los inmigrantes por encima del hombro, y se te ocurra venir a buscarme sabiendo que hablo malísimamente el idioma de aquí, con el agravante de que este libro se tendrá que imprimir en mi lengua. Para mí nada de esto tiene sentido. ¿Cómo lo interpretas tú?

-¿Cómo? ¡A mi manera! Tal vez no lo entiendas porque te falta luz. Lo único que funciona son las formas sencillas, armoniosas. Lo complejo es lo de ustedes que lo enredan todo.

Las minorías, si quieren aspirar a sentir satisfacción, tienen que olvidarse de sus resentimientos, deben aceptar que el ser humano ha logrado crecer cruzando por un laberinto, que la vida no es un camino fácil para nadie.

Se llega a este mundo a pujar por un destino grande, por alcanzar el amor y la satisfacción que están a la mano de todos. Solamente es necesario desearlo y lucharlo en buena lid.

En cuanto a lo que digo de los que dirigen tus instituciones, es por la forma en que se comportan, lo dije con toda mi intención «para que se miren y se vean como son».

Referente a los que nacen en esta nación. Que tú eres un emigrante. Que **Revelaciones de una gaviota** tendrá que salir a la calle en lengua diferente. ¡Mejor que mejor!, el impacto será mucho mayor.

Ahora no me interrumpas que voy a proseguir.

Me gustaría dejarlos con estas ideas: lo que ha convertido a este lugar en un infierno, no se arregla con dádivas, subterfugios, mecanismos represivos, leyes, penas de muerte, o sentencias de la Corte Suprema.

Lo único que puede revertir este infierno en paraíso, se llama el corazón del hombre. Aquí radica el meollo. Por lo tanto, si queremos cambiar completamente a este mundo, tenemos que cambiar radicalmente al ser humano.

Esto se puede lograr si en cada hogar se imparte una buena educación, basada en la vivencia diaria de los padres, para que lo que traten de enseñarle a sus hijos, esté respaldado por los ejemplos. Junto a una eficiente instrucción escolar, en donde el niño reciba los conocimientos necesarios, además de moral, cívica, urbanidad y deberes. E inculcarles a tiempo el valor de la honra y el amor a Dios.

Esta calidad de vida permitirá modificar al ser humano. Es en el «Yo» de cada uno, donde guardan la araña que los convierte en diablos. Y también es allí, donde germina la mariposa que los transforma en ángeles.

Ahora les explicaré algo de suma importancia:

LA NATURALEZA ES EL ROPAJE DE DIOS

-Está claramente manifestado en: el bello amanecer...
una puesta de sol... el rompimiento de la primavera...
un lindo atardecer... una noche de luna... el firmamento... un niño que nace... el milagro de la pubertad... la
llegada de una mariposa que se acerca en sutil movimiento y llena de color... el trinar de un ruiseñor... una
palma real... la ceiba... un roble... un pino... una rosa
amarilla... la violeta azul... el sonreír de un infante... la
caricia de una madre.

¡Todo esto es exuberante y hermoso!

La multiplicidad en los diseños de su creación: los árboles, las hojas, las flores, los colores y sus tonalidades. Y la gama de sonido que se escucha en la noche:
rumor, chasquido, susurro. Esto y mucho más, es el
ropaje en donde Dios se esconde para llegar a ti.

Si quieres encontrarte con Él, primero búscalo en la
naturaleza. Después lo podrás encontrar en medio de
los tuyos. Si anhelas alcanzar la paz y el sosiego armonioso interior, si ansías regresar a los orígenes, a lo que

añoras, a lo que un día fuiste. Acércate a la naturaleza para que lo descubras en toda su magnificencia.

Toma una pequeña hoja, trata de verla, no de mirarla, coge una flor, percibe el aroma que emana de ella, observa al pollito que sale del cascarón del huevo donde se gestó, al potrillo en el instante de nacer, a los pajarillos dándoles de comer a sus hijitos y a las mariposas al revolotear en un estanque.

Para llegar a disfrutar de esta ubicación, es necesario aprender a contemplar. A mirar con los ojos del alma, soltar tu Yo, separarte de todo, olvidarte de ti.

Por este camino.podrás alcanzar el estado de nirvana y el reino de Dios que Jesús les regaló.

-Sin lugar a dudas, cuando hablas así, me transporto a regiones sublimes. Loreta, eres muy original, a veces desarrollas una capacidad para la crítica que me desesperas, sin embargo, tienes momentos divinos.

-Ustedes tienen esa misma peculiaridad.

-Siendo así, ¿tenemos idéntica capacidad para el bien que para el mal?

-Si señor, si se hubieran dedicado a fomentar el Edén, con el mismo interés que lo han hecho para crear el infierno en que viven, ya lo tendrían.

-¿Cómo fue que nos pudimos enredar en esta forma?

-Cuando descubrieron el valor del dinero.

-¿Por qué no me lo explicas a fondo?

-¡Pues entonces escucha! En el formato estructural de ustedes, existe una serie de diminutas sutilezas que llamamos mecanismos de balance. El miedo, la envidia, el orgullo, la avaricia.

Estos dispositivos interiores de contrapeso pueden ser llevados a sus máximas posibilidades. Ejemplos: el miedo, como vehículo de compensación es muy efectivo, permite proteger tu vida, avisa con anticipación que vas a penetrar en zonas de peligro, sin embargo, si nos dejamos conducir por él, más allá de lo razonable, te convierte en cobarde.

Lo mismo sucede con la envidia, la sana envidia es buena, es la que prende el fulminante para comenzar a luchar por aquello que el otro posee y tú deseas; no obstante, dejarse llevar por ella en forma desmedida, te transforma en envidioso.

Con el orgullo pasa lo mismo, cuando es recto es bueno, conduce a una valoración justa sobre tu persona. Ahora bien, el orgullo sin freno los lleva a la arrogancia y a la ofensa.

El afán de tener bienes materiales en dosis limitadas es necesario, por no ser justo entregar a los demás todo lo tuyo. Pero cuando se torna en avaricia es uno de los grandes defectos.

Como resultado de estas características que llevan dentro, cuando descubrieron el dinero, al sobrevalorarlo y disfrutar sus aparentes ventajas, se fueron descarriando.

La envidia los convirtió en taimados, ladinos, sagaces; el miedo a perderlo los volvió recelosos, cobardes, desconfiados, avaros y duros de corazón; el sano orgullo se convirtió en ofensa y arrogancia. Finalmente, todos desearon poseerlo para gozarlo en grande.

Esto los ha llevado a una danza macabra de desmesurados apetitos que los ha convertido en verdaderos aventureros. Al deformárseles estos cuatro controles de contrapeso, que son muy sanos cuando se usan con prudencia, ustedes fueron mutando lentamente, sin esfuerzo, sin que se dieran cuenta, en forma cada vez más marcada, más rápida, hasta llegar a donde están.

-¡Si la cosa es así, el dinero es satánico!

-No señor, el dinero no es malo, es algo necesario. Lo que han hecho del dinero sí es peligroso y dañino, lo han convertido en la razón primordial de estar en este mundo.

Trabajan por dinero y sólo para hacer dinero. Los jóvenes, a consecuencia de la pésima información que reciben, escogen carreras universitarias únicamente pensando en lo que pueden ganar.

Como tienen esa capacidad ilimitada para superarse y realizar aquello que desean con intensidad, han podido acumular cifras gigantescas de dinero. Y esto los ha vuelto locos.

En esta situación en que se encuentran, el dinero no solamente es malo, es también muy azaroso. Las familias criadas en superabundancia (salvo excepciones) tienen una tendencia a distorsionar el sentido de la vida.

El niño necesita la lucha para desarrollar sus destrezas que son fundamentales para él. Quien se acostumbra a recibir no le gusta dar.

En este ambiente los hijos crecen prejuiciados por creerse que son superiores. Y cuando salen a la calle, a la realidad de esa vida que tienen ustedes, esos pobres infelices no son más que unos desgraciados incapaces de satisfacer a nadie.

-Profesora, lo del dinero está muy bien explicado, pero dudo mucho que los de aquí vayan a modificar su forma de ser a pesar de lo que has dicho tan acertadamente.

-Porque están obcecados; mi gran esperanza está puesta en que lo puedan entender cuando explique: **El dinero sólo es necesario.**

-Loreta, tú significas para mí algo más que una cosa inusitada. Creo firmemente en lo que me cuentas, pero estás llena de grandes interrogantes, me gustaría saber más de ti. Por curiosidad y siguiendo esta línea, ¿puedo hacerte una pregunta?

-¡Por dónde vendrás! ¡Ten mucho cuidado con lo que preguntes!

-Sé que procedes de Allá, que no eres de este mundo. Pienso que los de El Concejo de Talentos son muy serios. Que están ajenos a nuestras tentaciones y debilidades. A pesar de ser así, mi pregunta es como sigue: ¿Cómo interpretan los que viven en tu comunidad eso de «creced y multiplicaos»?

-¡No eres más que un granuja grande! Ni sueñes que vaya a contestarte. Me marcho, ¡eso sí, la próxima vez que me encuentre contigo, te llevarás una sorpresa!

Al quedarme solo, me dije:
-Contra, con lo mucho que me hubiera gustado la contestación. Estoy seguro que hubiera sido de lo más interesante. ¿Qué será lo que quiso decirme con «vas a llevarte una sorpresa»? Sin lugar a dudas, esta gaviota es lo más extraordinario que me ha sucedido; qué extraña me resulta su forma de ser y las cosas que me dice.

Hay un abismo entre su manera de pensar y la nuestra. ¡Quién me hubiera podido anticipar que existía una gaviota que habla, que sólo toma vino del rojo, que se llama Loreta, que llegó de Allá para enredar mi vida aquí!

Comienzo de los

DIÁLOGOS

CUARTA VISITA

Desde que se fue el viernes veintinueve de octubre del año pasado, han transcurrido más de cuatro meses. El jueves veinticuatro de febrero, me fui a Oak Island, el viernes cuatro de marzo me encontraba en el aeropuerto internacional de regreso a casa. A las seis en punto, despegaba el vuelo #666 de Aerolíneas Oceánicas.

Siempre que estoy dentro de un avión e inicia a rodar por la pista, rezo un «Padre nuestro», y eso fue lo que hice. Cerré los ojos, conversé con Dios, le pedí varias cosas. Estuve en esto tal vez minuto y medio. Cuando los abrí, no me encontraba en el avión.

La impresión que me causó esta conmoción ultraterrenal, es indescriptible. Caí en un estado de perplejidad, no atinaba a coordinar mis ideas:

-¿Cómo es posible que me encuentre en este lugar? Ahora mismo estaba comenzando el vuelo seis, seis, seis. ¡Dios mío, me estaré volviendo loco!

¡No, tiene que ser uno de sus tantos hechizos! Pero ni escucho su música, ni noto la fragancia que siempre va junto a Ella.

Me puse a observar el recinto donde me encontraba. Era un salón amplio rectangular, con unas columnas preciosas en sus cuatro esquinas en un acabado increíblemente bello, de tal forma, que no podía distinguir si eran de mármol o el fruto de un arte refinado.

El techo era bastante alto, con unas cenefas rectilíneas. Las paredes hechas del mismo material, y de ellas colgaban unas piezas que no llegué a descifrar si eran de piel o de algún tejido muy elaborado.

Apenas contenía muebles, el piso estaba cubierto de alfombras, cojines y mantas maravillosas. Aquel conjunto primoroso quedaba más allá de mis gustos, pudiendo vislumbrar que me hallaba en una de esas salas que aparecen en los cuentos de «Las Mil y Una Noches», de faraones, de lugares lejanos, de siglos atrás, de sueños y de fantasías.

Me encontraba físicamente con la misma ropa que llevaba en el avión. Este sitio inconcebible estaba allí en toda su realidad. Se respiraba una atmósfera muy singular, envolvente, voluptuosa. Comencé a sentir que poco a poco aquel conjunto misterioso se iba apoderando de mí.

Hizo su entrada una figura femenina pequeña, envuelta tentadoramente en una pieza que no era vestido, túnica o bata de casa, sino la más original creación de un modisto de categoría, sin una sola costura, botón ni cinturón.   Se notaba que esta vestimenta se podía quitar y poner fácilmente.

Aquel rostro de Venus de Milo viviente, quedaba muy por encima de lo que yo conozco, era la seducción hecha mujer.

Lo que más me llamó la atención fue su incitante cabellera, tirada hacia arriba provocativamente, rematada por un primoroso cintillo de piedras lapis-lázuli.   La nariz, tal vez, un poco grande en relación a sus facciones. ¡Qué sortilegio el de aquellos ojos oscuros, concupiscentes!

El climax se centraba en su boca, en el engarce de sus labios, en sus proporciones con el resto del conjunto de su cara.   Muy plácidamente la abrió para mostrar su dentadura, pudiendo ver de esta suerte, como si el más refinado de los orfebres se la hubiera tallado y engastado.   Este divino rostro, daba la sensación de haber sido creado en sus tonos y en sus proporciones por Miguel Ángel.

Aquella figura no era de este mundo. Pertenecía a lugares muy lejanos, a otras culturas que quedaron enterradas en el polvo de los siglos, y que por un misterio de poderes fuera del alcance nuestro, estaba frente a mí, en toda su realidad.

Sin saber de qué forma sucedió, me vi envuelto en una bellísima túnica abierta al frente, llegándome a los pies, siendo ésta, la única prenda de vestir que llevaba. En esto le oígo decir:

-¿Sospechas por qué estamos aquí?

-No.

Abriendo aquel ropón que la envolvía y extendiendo los brazos, se quedó con él agarrado a sus puntas.

Se fue acercando pausadamente, soltó lo que colgaba de sus manos. Aquella beldad helénica metió sus brazos por debajo de los míos, con mucha maña insinuó que nos dejáramos caer en las mantas y almohadones.

Una vez finalizado este raro episodio, me dirigí a esta seductora y le dije:
-Me siento como si me hubieras forzado utilizando tus encantos. ¿Puedes explicarme por qué ha sucedido esto

y cuál ha sido la razón?

-Tendrás que preguntárselo a Loreta.

-Esto pasa de castaño oscuro, ¿dónde está Ella?

Cuando terminé de decir: ¿dónde está Ella?, me encontraba de nuevo dentro del avión, teniendo a mi famosa gaviota, sentada cómodamente en la mesita plegable que colgaba del respaldo del asiento delantero mío. Diciéndome:

-¿Cómo te sientes?

-Muy ofendido, creo que ha sido algo de muy mal gusto. Fue un abuso tuyo. ¿Por qué lo has hecho?

-No lo tomes así, con la siguiente aclaración entenderás el porqué: los de El Concejo de Talentos están preocupados con lo que está sucediendo en El Meñique. Este extraño encuentro tuyo, sólo llevaba una intención, la de conseguir de ustedes los humores genéticos, para comprobar si el ser humano está trasmitiendo adecuadamente el proceso de herencia.

-¿Quieres decirme que lo único que has hecho conmigo es utilizarme como un conejillo?

-En cierta forma sí.

-Entonces me has hechizado, ahora lo veo bien claro. Por eso, en muchas ocasiones he aceptado tus opiniones sobre nuestra gente, y luego, tan pronto te marchabas, no estaba de acuerdo con ellas. De este modo no podemos seguir.

-¿Por qué?

-Porque estoy maniatado, esto no es más que un monólogo impuesto. Será necesario que pueda exponerte mi forma de pensar y mis opiniones, debe ser en diálogo.

-A partir de ahora será como lo quieres.

-Te garantizo que esto se va a poner muy interesante.

-Mejor que mejor.

-¡Adelante!, ¿qué toca ahora?

Lo más importante es el grupo, no el individuo

-El ser humano ha llegado en el caminar de su historia a una encrucijada. Cada vez que se produce una disyuntiva como ésta, es necesario ofrecerle ayuda hasta que se decide por el lado lógico. Lo demás lo dejamos a la buena de ustedes, para que crezcan y se capaciten en sus experiencias.

En este momento, a pesar de lo mucho que han conseguido, se encuentran en total confusión, por no haber ampliado aún, la destreza de cavilar debidamente.

Sustentan unos conceptos muy arraigados, que son ajenos a la realidad que los rodea. Creen seriamente que una vida humana es sagrada, y no es cierto, lo único que es de mucho cuidado, **«es el grupo».**

No se puede seguir protegiendo a dirigentes de empresas deshonestos, delincuentes, asesinos, descarriados mentales, consorcios que dirigen el negocio de las drogas, terroristas internacionales. Ese núcleo vive amparado por la ley, en detrimento de una mejor calidad de vida para el conglomerado. Dentro de los cánones legales y de buena justicia, será necesario una profilaxis a fondo, para crear un orden de seguridad apropiado.

Habrá que modificar ese desatino del que han llegado a creer que es un dogma: **mis derechos**. El hombre está capacitado para disfrutar sus derechos, pero no en la forma que ustedes lo interpretan. También está en la obligación de atender **sus deberes** -hoy olvidados-.

Asimilando muy bien cada uno, que si cumplen con sus obligaciones, todos quedarán muy bien protegidos. Esto será mucho mejor que lo que tienen hoy, que no es más que un despedazarse los unos a los otros.

El conjunto humano tiene que convertirse en una familia grande. A través del diálogo bien intencionado podrá ir encontrando soluciones a sus dificultades. La violencia debe quedar atrás.

-Loreta, lo que has dicho suena razonable, pero no funcionará. De nuevo con tus soluciones simples para nuestros problemas complejos. Dudo mucho que los de aquí se vayan a tomar en serio, eso que has comentado sobre mis derechos. En El Meñique, como tú le llamas a la tierra, todos vivimos aferrados a estos.

-¡Pero no funciona, ni tiene sentido! Es lo que más daño les hace. Por favor presta atención para ver si te entra por las entendederas: los derechos civiles son una soberana tontería. El ser humano ni siquiera tiene los derechos vitales: llega por mandato supremo y por éste muere. La familia y los hijos son impuestos. Sus momentos decisivos no los decide él. ¿De dónde han sacado eso de mis derechos, y de creerse que son tan superiores? Tienen que bajarse de esa nube, soltar un poco los humos, las ínfulas y la soberbia, para que puedan conseguir el nivel de la tierra.

-Loreta, si el asunto es así, resulta muy duro, da la sensación de ser a la brava.

-Estamos comenzando a dialogar, y me voy a sincerar contigo: existen situaciones que a ustedes no les queda más remedio que aceptar. ¿Por qué crees que he sido enviada? Por haber llegado el momento de tener que ponerle los pantalones largos al grupo. Desde hace mucho rato y hasta este momento, lo único que han hecho es jugar al niño grande, cerrero, caprichoso, malcriado, astuto, desmedido y feroz.

Primero se volvieron locos con ese ente misterioso que le pusieron por nombre **El Dios Amor**, utilizándolo como más les convino.

Ahora, se les ha metido en la cabeza separarse de Él, lo único que cuenta son «mis derechos». Trabajan si les da la gana, y como les da la gana. Todo el tiempo se lo pasan pensando en presentarle una demanda a aquel que los moleste.

Fomentan grupos minoritarios para imponerle a los demás lo que les anda rondando en sus cabezas... no aceptan limitaciones... quieren probarlo todo... el viaje tiene que ser a como se les antoje.

Constantemente hablan de hermandad, usualmente se están diciendo unos a otros:
¡Tú para mí eres mi hermano!
¡Tú sabes que mi casa es tu casa!
¡Nosotros nos queremos mucho!
¡Cuenten con nuestras oraciones!
¡Cómo nos duele lo que les está pasando!
¡Qué pena nos da!
¡Si me necesitas, llámame!

No alcanzaría el papel, para escribir las frases estereotipadas que utilizan en el diario vivir, consciente o inconscientemente. Pero no importa lo que hablen, la realidad, lo que dicen los hechos, demuestra que únicamente son maestros de la simulación, de la falsedad, de las formas y del ritualismo.

A nivel de gobiernos, las relaciones entre todos es pura hipocresía, siempre tratando de sacar ventajas. Las naciones que se llaman industrializadas, cuando les sobró el dinero, que no encontraban en donde invertirlo, se les ocurrió prestárselo a los países subdesarrollados, los que ahora se llaman «El tercer mundo».

La mayoría de éstos, utilizaron el dinero para armarse, en los mejores intereses de la camarilla gobernante y en el beneficio personal de sus dirigentes.

De tal forma, que en la actualidad existen en la banca privada de Suiza, Inglaterra, Canadá, Los Estados Unidos, Las Bahamas, Panamá y muchos otros, cuentas personales de estos bandoleros mansos, que con el monto de ellas, podría eliminarse una buena parte de la deuda en sus respectivos países.

Los gobiernos que facilitaron el dinero, opinan que aquellos que lo recibieron lo invirtieron en lo que les dio la gana, lo despilfarraron y se lo robaron. Los malversadores saben muy bien que los prestamistas conocen lo tramposos que son. Pero en los foros internacionales, unos y otros se tratan como si fueran personas honorables.

Los representantes de los gobiernos endeudados, constantemente están protestando, diciendo que las grandes naciones los están explotando, que les prestaron el dinero para sojuzgarlos, que sus ingresos globales no son suficientes ni para pagar los intereses, que se les rebaje el monto de la misma.

Y los países industrializados, como tienen imperiosas urgencias de seguir produciendo, vendiendo y prestando para mantener una economía ficticia, basada en un consumerismo enfermizo, le toleran al tercer mundo este chantaje.

En el nivel espiritual, tienen una diversidad de iglesias con el mismo mediador y con el mismo Dios. Siempre hablando mal las unas de las otras. Todas, arrogándose la posesión de la verdad y el derecho de ser la única y verdadera, cuando es sabido por sus dirigentes que no es cierto. Todas las facciones del protestantismo salen en una forma u otra de la iglesia fundada por Martín Lutero, un disidente del catolicismo. La iglesia Católica Apostólica y Romana nace dentro del Judaísmo. Y el pueblo de Israel hereda su dogma intocable «El Dios único y verdadero», de otras culturas muy anteriores a él.

Este descomunal desarreglo que han sabido convertir en un orden, lo han aceptado como cosa normal de la vida diaria. No es necesario ser inteligente para darse cuenta de que una sociedad que se comporta en esta forma, sólo puede caminar barranco abajo. Pero te garantizo, amparada por el linaje de donde procedo, que esta anarquía se termina.

-Sin lugar a duda tenemos que darte la razón, sin embargo, hablas muy duro, eres muy ofensiva. Para ti, nada es bueno, ni nadie es digno.

-Muchas veces te diré verdades muy fuertes que te van
a doler, pero también te hablaré de otras que te van a
agradar. Ahora por favor déjame seguir con:

TODOS TENEMOS LA MISMA DIGNIDAD

-Delante de los ojos de Dios, todos tienen la misma dignidad. Nadie por encima, nadie por debajo. Las únicas
diferencias que existen son a nivel magisterial.

El presidente de un tribunal supremo, por el rango de
su investidura, goza de un respeto especial. Lo mismo
sucede con el presidente de una república, senado o
congreso. Tenemos el mismo caso, con el secretario
general de las Naciones Unidas y los primeros minis-
tros de los diferentes gobiernos que existen.

Todos ellos, como personas y ajenos a la posición que
ocupan, son iguales. Es más, el presidente de una nación que no cumple a cabalidad con los deberes que
conlleva su rango, automáticamente se convierte en un
delincuente, y un barrendero que realice su trabajo como
debe ser, tiene la misma dignidad que el más alto juez
de un tribunal.

-En esto de la dignidad, te has anotado un punto, está soberbio. Ahora bien, ¿cómo es posible alcanzar esa distinción?

-Empezando y persistiendo con mucha iniciativa. No te olvides que la fuerza mayor que tiene el ser humano para la solución de sus problemas, se llama: imaginación y perseverancia, la combinación que realiza milagros.

-Está bien, esto me suena razonable, por primera vez nos tratas con menos rigor, te diría que con respeto. Ahora, me gustaría decirte que es muy fácil llegar de donde vienes, con ese talento colosal que posees, y ponerte a observar nuestras fallas y limitaciones. ¿Consideras que otros en nuestras circunstancias, lo habrían hecho mejor?

-Si soy honesta mi contestación es **no**.

-Entonces, ¿por qué nos tratas tan duro?

-¡Ah, no te gusta que te digan las verdades!

-Lo que no me gusta es que seas injusta.

-Te lo voy a exponer de esta manera: si miramos desde el sitio en que arrancan ustedes, y analizamos hasta donde se encuentran, tenemos que felicitarlos, mejor no pudieron hacerlo a pesar de todos los pesares. Pero sucede algo que cambia el panorama, y es que al grupo no es posible darle tregua, hay que llevarlo recio, de reto en reto.

-Si la vida es como me la presentas, resulta muy difícil. No importa lo que hagamos, siempre estaremos en el mismo sitio.

-Es cierto, no hay batalla que determine el lejano porvenir. La faena es constante, desde que llegas hasta que te marchas.

-¿Y cuál es el cuento de la felicidad?

-Ésta, de la forma en que ustedes la definen no es auténtica.

-De ser así, ¿qué motivaciones vamos a tener para superarnos en la forma que nos exiges?

-La encontrarán tan pronto den un paso más y se separen del materialismo en que están atascados.

En la actualidad únicamente piensan en dinero... en lograr bienes de posesión... un afán enfermizo de tener y tener... que cueste mucho... que sea ostentoso. No se dan cuenta por lo despistados que están, pero viven en una dimensión triunfalista.

-¿Por qué clase de vida vamos a luchar?

-Por una vida sencilla que es la única que vale.

-¿A qué le llamas una vida sencilla?

-A una vida armoniosa, digna de ser vivida, donde tus hijos desde que nazcan estén en contacto con la naturaleza, que aprendan a sentir a Dios en la creación que los rodea. Que no le tengas que explicar qué cosa es, porque lo amaron desde la más temprana edad.

-Pero una vida así, sería muy difícil.

-En este momento, pero no en el mañana.

-¿Qué vamos a hacer con las ciudades?

-Hay que eliminar las super-ciudades.

-¡Eliminarlas! ¿No hablas en serio?

-Hablo muy en serio, el ser humano no puede seguir

viviendo en esas descabelladas aglomeraciones encementadas. Él pertenece al reino animal, y como tal, le es imprescindible para su salud mental y corporal el contacto directo con la naturaleza.

-¿Cómo lo vamos a lograr?

-Luchando, insistiendo, con iniciativa.

-¿Sabes una cosa?; necesito descansar.

-Tienes mucha razón.

Después de este largo diálogo me quedé profundamente dormido. Cuando desperté, que para mí había descansado mis buenas ocho horas, le pregunté a Loreta:
-¿Cómo es posible que sigamos volando?

-Estamos en mi dimensión y en mi espacio. No te preocupes por nada. Antes de continuar quiero saber si descansaste.

-Me siento nuevo, muy interesado en seguir platicando. Me gusta mucho más la forma de diálogo pues permite exponer mis ideas libremente.

A propósito, en la última parte de lo que conversamos, dijiste «que la felicidad no es como nos la creemos». Para nosotros la búsqueda de la felicidad es la meta de nuestras ambiciones. ¿Puedes ahondar un poco más en este tema?

-El desconocimiento que tienen de cómo son, es uno de los grandes problemas que padecen. Viven aferrados a una serie de ideas que a través del tiempo se volvieron verdades, de tal forma que no ven más allá. La felicidad es una de ellas.

Desde que nacen, unos a otros se trasmiten que lo más importante «es ser feliz»... que la razón primordial de venir a la tierra es ésa... aquello que los separa del estado de felicidad es malo... llegando a pensar muchas veces que la vida no vale la pena vivirla... que se viene a este mundo a sufrir... que es un valle de lágrimas.

Sin acabar de entender que dentro de cada uno, existe la fortaleza que hace falta para enfrentar la vida y sentir placer en ese constante batallar.

El ser humano es un animal muy bien diseñado. Donde se muere de hambre una hiena, el hombre subsiste. Es el único que puede resistir todos los climas. Se ali-

menta de frutas, vegetales, raíces y todo tipo de carne.
Es el más eficiente de todos en el reino animal. Y como
grupo es indestructible. Tiene una capacidad para sufrir dificultades y situaciones dolorosas, que es ilimitada.

-Loreta, ¿y esto por qué es?

-Por pura predilección.

-¿Con qué objeto?

-Arrastrarlos a un destino grande.

-¡Arrastrarnos, esa es una expresión severa!

-De esta forma han llegado hasta aquí, en constante sacrificio.

-¿Por qué?

-Los comienzos son muy dolorosos, el nacimiento de
lo grande siempre resulta fatigoso. Ahora bien, lo peor
ha pasado, en el siglo veintiuno comenzará la
«metanoia».

-¡Metanoia!, ¿qué significa eso?

-Arrepentimiento, cambio, salto, transformación, el grupo va a mutar.

-¿Así de fácil?

-No, como siempre, en lucha, paso a paso.

-¿En dolores de parto?

-No, a partir de ahora será en diálogo, capacitación y comprensión.

-¿Con qué vas a sorprenderme ahora?

-Con lo que está programado:

EL MATRIMONIO ES ALGO MÁS QUE AMOR

-El matrimonio no anda mal, los que andan mal son los que van a él sin propósitos firmes, que desconocen la dignidad que tiene. Éste sigue siendo lo que siempre fue, la base de toda sociedad organizada.

Es impostergable definir, que esta institución, es también un contrato que demanda sus obligaciones. Y la primera y más importante de todas ellas, se llama la fidelidad a este compromiso. Ésta lo supera todo.

Vence esos estados de sequedad interior que frecuente-
mente se producen en una relación tan fuerte entre dos
personas... Rebasa los altibajos naturales del amor... Las
dificultades propias de la vida... El daño que se hacen
por la falta de sentido común...Y también frente al destino adverso. La fidelidad a este compromiso es lo que
salva, porque siempre permite que el amor regrese de
nuevo.

Criar una familia es la razón de venir a este mundo. Ver
crecer hijos en derredor tuyo, poder disfrutarlos y for-
marlos, es una de las grandes alegrías que le es dado
vivir a un ser humano equilibrado. Todo lo bueno y
valedero, inevitablemente exige dedicación.

Es la institución por excelencia, donde se forja y se fragua el carácter de ambos. Jamás una joven alcanza su
mayor distinción, hasta que decide ser madre. No hay
categoría en la tierra que se pueda comparar con «el
digno magisterio de la maternidad». Y no se conoce
honra que pueda compararse a esto.

Es el lugar que define la hombría de bien; jamás un
joven es más íntegro, que cuando toma la determinación de aceptar la paternidad responsable. En esta di-

mensión se consigue vivir la vida de la gracia **«él para ella, y los dos para los hijos»**. Es al calor tibio de un lecho en matrimonio, donde se llega a realizar el amor verdadero, el que va más allá del toma y dame.

En el andar de los años, cuando todo queda consumado, que todo llegó y todo pasó, cuando te miras al espejo y descubres que ya no eres aquél o aquélla, que sólo quedan los recuerdos de las alegrías y las penas; al llegar a esta disyuntiva te vas a preguntar: ¿Qué he hecho con mi vida?

Es aquí, que descubres lo importante que fue haber fomentado una familia. Únicamente, aquellos que fueron capaces de entregarle al mundo hijos debidamente formados, conocen la satisfacción.

-Mi pequeña gaviota, mereces una alta calificación en lo del matrimonio. Tú, además de lo grande que eres, tienes de poeta. En lo que acabas de mencionar, hay profundidad, belleza y poesía. Sin embargo, necesito luz en este punto: ¿cómo se explica, que siendo el matrimonio tan hermoso y digno, los que van a él, estén pasando por la crisis actual?

-Por la falta de preparación de los que van a él... por el abandono de los valores humanos y espirituales que son eternos... por la imagen deformada que tienen de la vida los jóvenes de hoy... por la herencia de malos ejemplos que lleva dentro la pareja... por la ausencia de luz en el entendimiento y a la falta de voluntad.

-Loreta, criticar es fácil, ¡dame soluciones!

-Te las doy al instante: hay que dar un viraje de noventa grados en el rumbo. Tienen que crear prioridades. La institución más importante no es el Tribunal Supremo de una nación, ni la Organización de las Naciones Unidas, **«es el hogar y la familia»**. Esto surge de dos que toman la decisión de ir al matrimonio.

A esta pareja hay que prepararla muy bien desde niños para esta función que es primordial, que está por encima de todas las profesiones. Sin hogar y sin familia, no puede haber letrado que sepa ajustarse dignamente la toga para hacer justicia, ni embajadores que representen honestamente a sus naciones en los foros internacionales, ni varones con suficiente fe y carácter para calzarse las sandalias de Jesús.

-¡Eres única!, para ti no hay preguntas sin respuestas, para ellas siempre tienes el mejor argumento. Ya que sabes tanto, ¿dime qué significa para ti el sentido común?

-No tiene nada que ver con el talento... ni con la inteligencia... tampoco es una destreza que se desarrolla... es una especie de don que se hereda... generalmente se manifiesta en personas que tienen vida interior... es una luz en el entendimiento que faculta una mejor evaluación de las circunstancias que te rodean... es también una intuición que se adelanta claramente a los hechos, permitiendo decisones correctas... Es más frecuente en las mujeres que en los hombres.

-Loreta, si el sentido común se manifiesta de esta forma, son muy pocos los que llegan a tenerlo.

-Es cierto, pero todos pueden poseer algo que es muy parecido, y lo obtienen si lo desean. Se llama «la prudencia», una de las cuatro virtudes cardinales. Con ella lograrán discernir y distinguir lo que es bueno o malo, para seguirlo o alejarse de ello, les concederá la templanza, la moderación, el buen juicio y con ella, podrán ser precavidos.

-Cada vez me resulta más incomprensible lo tuyo, estoy comenzando a pensar que lo que andas buscando es la santidad para el grupo, y ésa, está muy lejos de nosotros.

-Totalmente equivocado, no es ni con mucho tan difícil como lo ves ahora. Lo estás mirando en su conjunto, pero la solución arranca desde el mismo comienzo. El desenlace de un problema surge desde el instante de iniciar la lucha contra él.

En cuanto le pongan un poco de seriedad al matrimonio, a la educación y a la instrucción escolar, en veinticinco años el giro que le dan a esta deficiencia, es radical. En referencia a lo de ser santos, nosotros no buscamos santidad, sólo nos interesa la moderación.

-Para ti, resulta muy sencillo porque hablar es muy fácil, pero del dicho al hecho hay mucho trecho. Ahora me salen con que desean que seamos moderados. Tú llegas de' Allá, a pedir por esa boca, como si todo fuera miel sobre hojuelas. No te das cuenta de lo limitados que somos. ¿Cómo te lo pudiera presentar para que lo entendieras? Trataré de explicarme:

Nosotros tenemos una pizca de la esencia de Dios, pero no me negarás que solamente es un toque raquítico, estreñido, mínimo. Algo así, como si un avaro que teniendo mucho, únicamente te ofrece una migaja. Y de contra, esa pequeñez te la envuelve en un cuerpo sano, fuerte, bien formado.

Además, junto con ese famoso toquecito divino, nos ha llenado el cuerpo de muchas otras cosas que constantemente nos tienen en jaque, como son: los afanes por el dinero... la fama y el poder... la envidia... la gula... la lujuria... la soberbia... los miedos... la avaricia... el egocentrismo... y mucho más. En una palabra, nos han diseñado como -Dios pintó a Perico- y ahora se empeñan en que seamos una obra maestra. ¿Podrás desenredarme esta contradicción?

-Según vas avanzando, te vas poniendo más difícil.

-Difícil no, sólo busco que me aclares las dudas.

-Tienes mucha razón, te complaceré, te garantizo que vas a quedar satisfecho, comenzaré por la pizca: ésta te resulta mínima por juzgarla en la dimensión de tus limitaciones. Por favor, trata de imaginar que reunes los planetas que componen el sistema solar, que por un sortilegio los conviertes junto con el Sol en uno solo. Por supuesto, éste será enorme.

Si pudieras comparar este gigantesco planeta con un grano de maíz, te estarías acercando tibiamente a lo que eres, en comparación con Dios. Por lo tanto, esa pizca de la que te quejas, no tiene nada de pequeña. Es la diminuta diferencia que hay entre ustedes y los demás seres vivientes que habitan este mundo.

Esta insignificancia, es la que permite que puedas intuir, entender, crear, trascender y amar. Nosotros los que componemos El Concejo de Talentos, tenemos limitaciones que ustedes no poseen.

Esta pequeña diferencia les permitirá con el andar del tiempo, cuando el peregrinar de ustedes haya sido consumado, -llegar a ser excelsos- serán majestuosos. La comunidad humana está llamada a un destino grande. Como grupo es indestructible. El único capacitado para aniquilarlos es Tirano, y Éste los ama, con el respeto que solamente puede hacerlo Dios.

Están llamados a las grandes aventuras que jamás se han realizado, van a ser los grandes adalides de la Creación. Legiones de mundos superiores a éste, que han sido fomentados pacientemente al amparo de La Fuente Creadora, estarán al alcance de ustedes.

Las dudas tuyas de la carne, los afanes groseros, las fuerzas negativas que hoy sojuzgan el Yo de cada uno, el día que logren obtener **-lapso de atención, luz en el entendimiento, fuerza en la voluntad y el nivel del amor de amistad-** éstas, se convertirán en fuerzas redentoras.

Luego sucederá el milagro armonioso, el gran salto, la dimensión que queda por encima de todo lo soñado, **«la mutación»**. Millones se convertirán a las formas de amar de Jesús, y rompiendo fronteras abrirán nuevas rutas por esos universos que están esperando por ustedes. ¡Mi discípulo, esta maravilla se encuentra a la vuelta de la esquina! ¿Pero, por qué estás llorando?

-Mi querida profesora, siento imperiosos deseos de pedirte perdón, no soy más que miseria, barro, simulación y arrogancia, ¡mas te juro que me levantaré!

-¡Qué alegría me das! Por primera vez has vislumbrado lo que significa la honra y el honor de Dios, pero no te adelantes, queda mucho trecho por andar.

Para terminar esta visita paso a presentar el último texto de la primera parte de este libro:

EL CUERPO HUMANO ES DIGNIDAD

-Voy a comenzar por lo más importante, con el niño: es imprescindible que la futura mamá intuya el sentido de la maternidad, que sienta interiormente la llamada, que descubra el prodigio que va a acontecerle: **el verbo se hará carne en su vientre.**

Es necesario que se crezca y barrunte que ha sido esco-
gida para vivir la dignidad mayor que se puede alcanzar. Para que desde el mismo instante en que sienta los
primeros acordes de la concepción, le pida a Dios que
la ilumine, la capacite y la fortalezca para llevar adelante este empeño. Que entienda que será instrumento
de Él, que va a trascender porque la llamarán **«madre»**.

La madre conocerá el amor en su faceta desbordante, la
que subyuga, somete y avasalla. La fuerza que solamente pide dar y darse, la entrega total sin exigencia
alguna. Disfrutará de los goces celestiales, que sólo
pueden conseguir aquellos que han sido nominados para
un destino grande.

Esa cosa sublime que Dios pone en sus manos, obliga,
exige y compromete. Lo primero en él, es la salud, y
ésta, es el producto de los hábitos de vida. En la temprana edad el infante es arcilla moldeable, todo se puede conseguir de él. Para lograr este milagro sólo se
necesitará sentido común y abnegación.

Lo más importante, es entender que de este infante que
aparentemente es desvalido, surgirá el hombre del mañana. En estas tempranas edades, la madre se quedará
en la casa, es el momento en que se fragua la base para
la salud mental y corporal.

Desde el mismo comienzo, debe retarse de forma apropiada en cada una de sus etapas de crecimiento, bajo la debida orientación de sus padres. Fomentarle hábitos de alimentación sanos. Nada de bebidas endulzadas y carbonatadas, ni lo que hoy se conoce con el nombre de «junk food».

Ha de pasar su infancia en contacto directo con la naturaleza, en el disfrute infantil participando de los juegos en asociación con otros niños. Es en esta etapa donde hay que sembrarle los valores humanos y espirituales, junto a una buena instrucción escolar. De tal forma, que al llegar a la pubertad, esté preparado para discernir entre lo bueno y lo malo.

-Loreta, antes de que cojas mayores vuelos, no me queda más remedio que decirte que picas muy alto, fuera de la realidad. Perdóname, no tienes la más elemental idea de cómo son nuestros hogares, ni cómo piensa nuestra juventud.

Si trabajando las dos cabezas principales, no dan abasto para hacerle frente a las necesidades de una familia de tres, ¿cómo puedes aspirar a que la madre se quede en casa, además de todas esas cosas que tú recomiendas? ¡Esto es pedirle peras al olmo!

-Voy a utilizar la misma expresión tuya: siempre sucede lo mismo contigo, estás totalmente equivocado. De
ninguna manera y bajo ninguna tesis económica o social, pueden seguir deteriorando a la familia de la forma en que ha sucedido en los últimos tiempos.

Para comenzar a reparar esas deficiencias, es impostergable que en cada hogar mientras los niños sean pequeños, haya una madre que les provea cuidados en todo
momento.

Es esencial un ajuste completo en las formas de vida.
El grán problema no radica en si está en el poder el
Partido Conservador o el Partido Liberal, o en el défi-
cit del presupuesto nacional. Tampoco estriba en el
desbalance de las importaciones contra las exportacio-
nes. No depende del aterrador aumento constante del
crimen, ni obedece al daño que genera en la juventud el
vicio de las drogas. Ni al peligro que ofrecen los terroristas internacionales.

¡Noooooo, absolutamente noooooo!... La solución, la
única, no hay otra, se llama: El hogar... la familia... la
decencia... la dignidad personal... el respeto a lo ajeno... el honor al trabajo y la fidelidad conyugal.

Únicamente de esta forma se podrá modificar el corazón del hombre, que es el gran causante de todo lo que está sucediendo. Solamente encontramos un lugar donde situarle a un niño estos conceptos, **«el hogar»**, asentado en los ejemplos de conducta de los cónyuges y en las tertulias de familia, que son el camino para trasmitir estos valores.

-¿Sabes una cosa, mi ínclita y perínclita mensajera de las buenas costumbres? Hacerte una pregunta es muy peligroso. Cuando mejor hablas es cuando ripostas, todo lo que has mencionado suena muy bien. A todas éstas, ¿qué pasó con El cuerpo humano es dignidad? ¿Se te olvidó?

-No lo he olvidado, esta arenga es parte de él. Te he hablado del infante y del niño, ahora te hablaré del joven. Voy a referirme al momento actual, a los jóvenes de ahora producto de los hogares tan de moda en estos tiempos.

¿Quién ha dicho que la juventud está preparada para marcar nuevos rumbos, derribar fronteras, crear nuevos derroteros y concebir nuevos modos de vida? ¡Pamplinas!, toda esa historia creada alrededor de la juventud, no es más que paparruchas y necedades de las agencias de publicidad.

Tanto el varón como la hembra a los dieciséis años, cuando la ley les permite obtener el permiso de aprendizaje para conducir un automóvil, la gran mayoría de ellos son unos irresponsables, por la forma en que han sido criados.

Fuman, para creerse adultos, beben cerveza cuando están reunidos entre ellos para lucir mayores, pero en casita toman «cocacola», no tienen carácter, confunden la mala-crianza y el capricho con el temple.

Como no tienen fuerza de voluntad, se dejan llevar por los más atrevidos, sin saber por qué lo hacen, quieren probarlo todo pensando que eso los capacitará para tomar mejores decisiones.

¡Ilusos!, muy fácilmente son capaces de repudiar su sexo para unir sus vidas con otros en las mismas situaciones. ¿Sabes por qué? Todo se debe a la forma en que los crían.

-Loreta, me siento ofendido con lo que has expuesto. La cosa no puede ser tan negra como tú la presentas. Voy a darte un ejemplo:

Tuve el privilegio de casarme con una magnífica mujer,

tuvimos varios hijos que hoy son profesionales respetables, y también tengo amigos que sus hijos son muy dignos.

-Tú y esos amigos tuyos son la minoría, pero al paso que va la sociedad, dentro de poco no habrá excepciones. Esto sucede porque no supieron imponerse a sus hijos, educarlos, ni situarles los valores humanos y espirituales que son tan importantes, ya que ustedes tampoco los tenían.

Y como nadie puede dar lo que no tiene, los hijos les salieron como son. Al no poder arreglarlos, ellos los desarreglaron a ustedes, de tal forma, que hoy los adultos sufren verdadera adoración por esa clase de juventud.

-Loreta, ahora me siento peor, me haces mucho daño, eres demasiado certera, siento que no valemos nada. Me das la sensación de que te ensañas con nosotros, porque te sales del tema para caer en lo que te gusta, la censura cruda sobre nuestras vidas que nada tiene que ver con lo que estás disertando, El cuerpo humano es dignidad.

-Erróneo, absolutamente inexacto, lo que acabo de marcar no es una crítica viciosa, sencillamente es la realidad inmediata de ustedes. Fue dicha con la intención de aclararles el entendimiento. Están muy ofuscados, esto me obliga a tirarles duro, esta reprimenda es parte de lo que estoy tratando, de lo contrario no podría llegar al punto que deseo. Ahora déjame continuar:

Es necesario entender que la juventud no es para el placer desmedido, sino la fase de capacitación para después luchar el futuro en las mejores condiciones. En ella se fijan los valores que fueron sembrados en la temprana infancia.

Es una gran falacia llegar a creer que tienes el derecho de vivir como te dé la gana. Tu vida está unida a un destino final que los afecta a todos, es un viaje designado por La Mano Creadora, y todo lo que viene de Allá es de respeto y obediencia.

Hemos cubierto la primera parte de este libro, acabo de terminar el último de los Preceptos. Me voy, tardaré varias semanas en volver. Durante mi ausencia, te ocuparás de mandar a editar el material acumulado de nuestras charlas.

-Mi excelsa gaviota, antes de marcharte tienes que aclararme una cosa, ¿cómo debe ser clasificado este libro: de religión, de moral, de educación, de historia, de ficcion? ¿Qué es en realidad, **Revelaciones de una gaviota**?

-Su clasificación no cabe en ninguna de estas cosas que has mencionado.   Será lo único que puede ser: **profetismo**.

-¿Quieres decirme que vienes como profeta?

-Sí, si logras entender debidamente el significado de **«profeta»**.

Existe un concepto erróneo, muy enraizado en ustedes, que profeta es: el que anuncia lo que sucederá, aquel que presagia, pronostica, adivina, vaticina y predice. Cuando únicamente es un «repetidor».

Los profetas del viejo testamento iban al desierto, según ellos, a escuchar la palabra de Dios. Se consideraban elegidos para recibir su mensaje. Después regresaban a los pueblos y ciudades, y hablaban en nombre de Él. En una palabra se dedicaban a repetir lo revelado.

-Entonces, lo único que has hecho conmigo es profetizar para todos. Eres una mensajera, sólo que no vienes del desierto.

-Tú lo has dicho, soy la mensajera que no viene del desierto, sino de Allá.   Tan sólo me resta decirte que lo mejor del libro está por redactarse.

¡Aleluyaaaaaaaa!

SEGUNDA PARTE

El desarrollo de Valores

QUINTA VISITA

En el mes de septiembre tomé la decisión de seguir la recomendación de la profeta extraterrestre. Me fui a visitar a la editora, para presentarle el manuscrito que tenía que leer. Cuando llegué a su casa estaba a punto de marcharse.

-¡Eh, tú por aquí!... ¿Alguna novedad?

-Tengo algo para ti muy interesante.

Y le entregué debidamente encuadernado, el relato de la gaviota, lo miró muy detenidamente, diciendo:

-**¡Revelaciones de una gaviota!**

-Es sólo una parte de algo en que debes trabajar.

-Nunca me habías hablado de esto, ¿cuándo lo hiciste, tiene que haberte llevado meses?

-Es una historia muy interesante, ya verás cuando la leas. No te había dicho nada porque no podía.

-Déjame decirte que me has encontrado de milagro, si llegas cinco minutos más tarde no lo hubieras logrado, me iba a caminar por la playa Belencita. ¿Por qué no vienes conmigo?, estando allí, hablaremos sobre **Revelaciones de una gaviota**.

-Te acompaño con una sola condición, no me preguntes nada sobre la gaviota. Te voy a sugerir lo siguiente: esta noche le das una pasada completa al manuscrito para que lo descubras.

Mañana estaré aquí a las once, y si me invitas a almorzar, trabajaremos de corrido hasta las cuatro de la tarde. Después nos vamos para la playa si el tiempo lo permite, creo que con esta primera jornada de trabajo nos pondremos de acuerdo.

-Me parece muy bien, así lo haremos. Ahora vámonos para la playa.

Nos volvimos a reunir a las once de la mañana del día siguiente. Su primer comentario fue:

-¿De dónde te sacaste esta gaviota?, me gusta mucho la forma en que la usas. Creo que has encontrado una trama muy original. Además te va muy bien, tú tienes algo de profeta.

-Este manuscrito no es mío.

-¿De quién es?

-¡De Ella!... ¿No lo leíste anoche?

-¿Qué tratas de decirme?

-Que no es ficción, la gaviota existe.

Me miró fijamente, en una forma inquisitiva, diciéndome:

-Estás bromeando.

-No, estoy hablando con propiedad.

-¿Por qué no me habías hablado de Ella?

-No me era permitido.

-¿Lo saben tus hijos?

-No.

-¿Estarás en tu sano juicio?

-Más de lo que te imaginas.

-¿Y piensas que te crea?

-No, yo sé que no lo vas a creer.

-Entonces, ¿por qué me lo presentas de esta forma?

-Es la única que tengo.

-Lo que buscas, es que el lector admita que existe una gaviota sobrenatural.

-No, de acuerdo con mi propia experiencia, mientras no aceptes que la gaviota es real, no podremos comenzar.

-¿Quién va a convencerme de esto?

-Conociéndola como la conozco, se encargará Ella.

-De ninguna manera lo voy a editar.

-No te quedará más remedio que hacerlo.

-¿Por qué?

-Porque te van a convencer.

-¿Quién?

-¡Ella!

-No me hagas reír, estoy comenzando a pensar que no andas bien de la cabeza.

-¿Por qué no hacemos una cosa?, vámonos para la playa que el día está muy propio para eso, no hablemos más de este tema.

Ya en la playa me vino a la mente que Loreta nos iba a hacer una de sus famosas visitas, lo presentía, necesitaba su cooperación para convencerla.

Estando en estos pensamientos, escucho que mi incrédula editora me dice:

-Caminemos por la orilla, es algo muy entretenido y saludable.

Habíamos andado tal vez unos quinientos metros, cuando diviso un caracol precioso del tamaño del puño de mi mano. Y le digo:
-¿Alcanzas a ver aquello?

-¡Qué belleza! ¿Cómo puede existir algo tan original? ¡Este caracol es lo más maravilloso que he visto! Recógelo antes de que otros lo vean.

-No te apures, que nadie te lo va a llevar, es un regalo para ti.

Aquello que estaba tirado en la playa, era la creación más extraordinaria que se pueda soñar. Los dos sabíamos que se trataba de un caracol, pero muy diferente a todos los modelos conocidos, en tonalidades de orquídea y de azul. El interior de la boca era anacarado en tonos de amarillo, nos tenía hechizados.

Mi acompañante se encontraba muy impresionada; suspirando, exclamó:

-¡Qué cosa tan hermosa, no parece terrenal!

-Sí, es algo insólito, ¡acaba de cogerlo!

-¡No me atrevo, no puede ser real!

-¡Pero es nuestro, agárralo!

-¡No lo puedo tocar, algo invisible me lo impide!

Comenzamos a escuchar una musicalidad que salía de él. Unos tonos muy pianos, parecidos a los sonidos tenues que se logran conseguir soplando un caracol. Notas muy sutiles que se fueron engarzando unas a otras, hasta lograr la melodía más original que jamás habíamos oído.

Saliendo por la boca de aquel caracol, vimos una pequeñísima y primorosa gaviota. Lentamente comenzó a ascender sin mover sus alas. Casi en un susurro, oígo a la incrédula editora decir:

-¡Sujétame, que voy a desvanecerme!

Cuando fui a sostenerla, Loreta me dijo:

-No la toques, yo me encargo de ella.

Sin saber cómo, nos encontramos sentados cómodamente en algo que no se veía, ella mirando hacia el mar, y yo de frente, con la mensajera muy risueña posada en el hombro.

-¿Qué te parece la bromita que le gasté a la editora?, espero que ya no ha de tener dudas sobre la profeta.

-Se ha llevado la sorpresa de su vida.

Ésta, muy lentamente abrió los ojos, no dio señal de estar sorprendida, serenamente miró a Loreta:

-¿Eres la famosa gaviota?

-Sí señora.

-¿Y el caracol?

-Abre la mano derecha.

Al abrirla pudimos ver un caracol más pequeño que el otro. Se quedó mirándolo y comentó:

-¡Éste, no es aquél!

-¡Aquél, no es de este mundo, pertenece a otros sitios.

-Lo guardaré toda mi vida.

-¡Estás convencida de que la profeta existe?

-Completamente segura, esta misma noche me pondré a trabajar.

Loreta nos dejó, nosotros regresamos a la casa, nos pusimos de acuerdo en cómo quedaría **Revelaciones de una gaviota**. Invertimos dos días en estos esfuerzos, finalmente ese viernes tomé la autopista de regreso a mi casa.

No había andado diez quilómetros cuando tenía dentro del coche, a la que no me pierde pie ni pisada. No hizo más que posarse como de costumbre en el hombro derecho, me dijo:

-Olvídate del automóvil, vamos a situarnos en la dimensión de tiempo y espacio míos. Tenemos mucho que andar, trillaremos en esta jornada todas las áreas que cubren los Valores. Por lo tanto paso de inmediato a explicarte el primero.

LAS RAÍCES SE LES FIJAN A LOS NIÑOS DE PEQUEÑOS

-Es fundamental que el niño logre dominar su primera e imprescindible destreza, **«lapso de atención»**. Ésta es esencial por ser la que facilita obtener escalonadamente las demás. Siendo a la vez el mecanismo que le permitirá en el futuro, el desarrollo intelectual en todas sus etapas de crecimiento.

«Lapso de atención», no es más que conseguir del niño que aprenda a centrar su atención en un objeto. Es el recurso que lo lleva a observar, y el camino para lograr los primeros intentos de concentración.

El ser humano siente la necesidad de aprender por vocación, motivación o imitación. Por la experiencia personal comienza a interesarse o a rechazarlo. Cada vez que algo le llama poderosamente la atención, por alguna de estas razones, ese deseo se convierte en un reto.

Si utilizando el lapso de atención y la repetición consigue vencer este desafío, automáticamente queda apto para luchar con otro más difícil.

En la actualidad los padres tienen a su alcance para incrementarle la gama completa de destrezas, los instrumentos educacionales, lo que comunmente se conoce por juguetes educativos, y las colecciones de pequeños textos infantiles ilustrados.

Una vez que se ha logrado en el infante el dominio de sus destrezas, está capacitado para que le sitúen los valores que le permitirá crecer sano interiormente. A los niños hay que sembrarles raíces, para que de mayores se les pueda dar alas.

Desde muy temprana edad, al niño hay que enseñarle a ser cuidadoso de su pequeño mundo, su cuarto, su cama, sus instrumentos educativos. Que acepte de buena gana los mandatos que se le confieren de acuerdo con su edad, buscando desarrollarle el sentido de responsabilidad, cosa que de mayor quede capacitado para cumplir con los deberes que la convivencia humana exige.

Tan pronto comience a hablar hay que desarrollarle el entendimiento, utilizando su lapso de atención. Explicándole razonadamente, con mucha paciencia y dedicación aquello que se quiere de él.

Que descubra quién es, que entienda que un niño no es más que una persona pequeña, que pertenece a un grupo que lo quiere y lo respeta, que se convenza a muy temprana edad de que no puede tener todo lo que desea, sólo lo necesario.

-Lo que estás pidiendo es irrealizable.

-De nuevo equivocado. Es más sencillo, fácil y agradable educar debidamente a un niño, que permitirle ser un hiperactivo sin autocontrol y desobediente.

Para obtener estos objetivos en un infante, sólo se requiere la dedicación constante de una madre con sentido común, respaldada por un esposo que acepte responsablemente la paternidad.

Será imprescindible para alcanzar estas metas, que la secretaría de instrucción modifique sus objetivos y valores. Los programas escolares a partir de la instrucción media, tendrán asignaturas que traten sobre: el hogar, la educación infantil, y la paternidad responsable.

-Si la cosa es así, cada vez habrá que estudiar más.

-Qué eliminen lo que es innecesario en las escuelas. Lo que hace mucha falta es la moral sana. Nadie necesita que le enseñen sexo, que a su debido tiempo van a descubrir. El sexo no debe ser tabú, pero tampoco el desparpajo que es hoy en día.

-Loreta, cada vez pides más, en definitiva, ¿cuáles son los objetivos específicos en la educación e instrucción de un niño antes de llegar a la pubertad?

-Sanos hábitos de alimentación y profilaxis... valores cívicos... morales... espirituales... sentido del deber... del trabajo... identidad personal... y buenos modales.

-¿Piensas honestamente que seremos capaces de conseguir ese ideal que propones?   Creo que es imposible.

-Puedes estar seguro que será muy fácil alcanzar esos resultados. Lo único que se requiere es que la pareja en el momento de tomar la decisión de ir al matrimonio, esté debidamente orientada por educación e instrucción.

-Para ti todo es muy simple, pero sigo pensando que la educación y la instrucción es una cosa y la pubertad es otra. Ésta, es algo que sacude al joven en los mismos cimientos, oleadas en convulsión, lo más parecido a un terremoto.

Es una explosión vital que lo arrastra voluptuosamente hacia algo que sólo vislumbra, pero siente cómo es dominado por esas fuerzas ciegas, que surgen de lo hondo. Para mí, la pubertad es sumamente misteriosa. ¿Por qué es así?

-Este ímpetu que lo sojuzga es así, porque en Dios lo más importante es el grupo. En el diseño original del ser humano existe esa energía incontrolable para ambos, **-ella incita y él se somete-**. Este sencillo juego, garantiza la supervivencia de la raza.

Es en esta crisis donde los padres tienen que ser muy cuidadosos con sus hijos. Deben explicarles claramente que el sexo hay que fraguarlo, que si sienten tentaciones que corresponden al sexo contrario, es normal por ser parte en el caminar de ese proceso nebuloso. Pero que nunca cedan, que aprendan a decir ¡qué no! Es necesario inculcarles el valor que confiere ser hombre y el honor que significa la maternidad.

-Loreta, qué manera de hablar, a todo le encuentras solución, no acabas de entender que con la lengua es fácil, lo difícil, lo que cuesta, lo que duele, es tener que cambiar.

En este momento estoy pensando seriamente que tú sí necesitas luz en el entendimiento. Eres muy obsesiva, no te das cuenta de que lo que pides es echarle cargas de gigantes a enanos.

Entiéndelo, para realizar lo que deseas es necesario echarlo todo abajo: nuestras normas de crianza, la instrucción, los hábitos de alimentación, olvidarnos del dinero, además modificar radicalmente a la juventud. ¿Cómo puedes creer que somos capaces de alcanzar esta meta?

-En este momento no eres digno de respeto, si me dejara llevar por eso que ustedes llaman mal humor, te daría de bofetadas. ¡Insensato, después de llevar casi dos años en este dime y direte, no acabas de entender que no se trata de si quieren o si pueden!

¡Babieca, acaba de aceptarlo! tendrán que cambiar drásticamente, es mandatorio, obligado e impuesto por la potestad con que estoy investida; no les queda otra salida que modificar el rumbo, dar un giro de noventa grados.

Sé muy bien que el grupo es muy tozudo, que el único lenguaje que entienden es el castigo. Todo el tiempo se lo pasan aferrados a lo terrenal, obcecados por aquello que quieren. Solamente miran para el cielo, cuando están crucificados en la tierra por el dolor que quema.

¡**Contra, estoy muy disgustada!**, ¡oíganlo bien, van a cambiar, ustedes no conocen a Tirano! Ese Dios creado a sus mejores conveniencias, que se han metido en sus cabezas de chorlitos, no existe. Les aseguro que van a conocer hasta saciarse, el crujir de dientes.

-Perdóname, no quise ofenderte, no te ofusques. Acepta mis disculpas, te juro que vamos a cambiar, te lo prometo. Por lo que más quieras, cálmate.

-¡Esto es muy en serio!, te lo digo muy de veras.

-Loreta, por el amor de Dios, deja de preocuparte. A nosotros, siempre que nos hablan con razones convincentes, nos convencen.

-Así será mejor para el grupo.

-Sí, sí, está bien, lo que tú quieras.

Loreta se marchó, estaba enfadada de verdad. Aquí entre nosotros, es de cuidado, ¡qué manera de enojarse! No tengo la menor duda que eso de la doble vertiente es un hecho.

Cuando metió el «contra, estoy muy disgustada» pensé que el automóvil iba a saltar en pedazos. Para mí era el diablo el que estaba a mi lado. A todas éstas, no sé quién está conduciendo, porque no soy yo, ando al garete.

A mí me ocurren las cosas más originales que le pueden suceder a una persona. Cuando termine este dilema, voy a dedicarme al estudio de la cosmobiología. Creo firmemente que los que nacen en el mes de octubre llegan fabricados de distinta forma.

En cuanto la gaviota se alejó, lo primero que vi, fue una patrulla de la policía que me mandó a parar. El miedo me arropó por completo. Lo que más me molesta es mi cobardía. ¡Diantre, como dice el refrán, no quieres caldo, tres tazas! No te gusta el miedo, ¡toma!

Me salí de la autopista hacia la lateral de emergencia, se bajaron dos policías de los genuinos, seis pies dos pulgadas, doscientas veinte libras, con el corte de pelo estilo alemán. Fui a bajarme, y los dos me dijeron a la vez:

-¡No se mueva!

-Así lo haré señor oficial.

-¿Sabe a la velocidad que venía?

-No señor.

-A más de doscientos quilómetros.

-Imposible, lo más que puede correr este carro son ciento treinta y cinco.

-Señor, la velocidad a la que iba rompió el radar nuestro.

-Señor oficial, yo no venía guiando.

-¿Quién lo hacía?

-¡Ella!

-¿Dónde está ella?

-Debe haber salido a dar un paseo.

Para entonces, tenía a mi alrededor una docena de patrullas policíacas. Oí cuando uno comentaba:

-Ese tipo es un extraterrestre.

-No puede ser, no existen.

-¡Qué no puede ser, este carro saltaba por encima de los otros como si fuera un helicóptero!

El oficial que me estaba interrogando se acercó de nuevo:

-¿De dónde es usted?

-Soy ciudadano de este país.

-Déjeme ver los papeles que lo acreditan.

-Señor oficial, los tengo en el banco.

-¿Dónde está esa señora que no acaba de llegar?

-¿Qué señora?

-La que usted dijo que venía conduciendo este automóvil.

-¡Ella, no es una señora!

-¿Y qué es?

-Sé que no lo va a creer, pero tengo que decírselo, ella es una gaviota.

Y veinte vozarrones de aquellos oficiales grandotes y fuertes, dijeron a la vez:

-¡Coooooómo... cooooóomo... coooooóomo... ... ...!

Yo hubiera querido que la tierra me tragara. Únicamente atinaba a escuchar a los policías que me tenían rodeado.

-¡No te lo dije, extraterrestres! ¿No crees en ellos?

Escuché muy claramente cuando uno decía:

-¿Ustedes no han leído el libro «Los países industrializados están inundados de extraterrestres», escrito por Jampac le Matu? Además, sin ir más lejos, el capitán Zurbarán tiene que ser uno de ellos, esa manera que tiene de leer documentos con los ojos cerrados, es muy rara.

Para entonces me encontraba en estado de crisis, oyendo, cuando el oficial que me estaba preguntando, dijo:

-¿Le sucede algo?, está muy pálido.

-Es el miedo que me pone así.

La dichosa gaviota no acababa de llegar. Cuando veo que de un carro jaula de la policía, seis perrazos que venían dentro, comenzaban a bajarse. El último en hacerlo, llevaba encima a mi inquisidora disfrazada de corredora de caballos, con una montura preciosa. Acercándose con un gran desenfado al oficial que estaba conmigo, le dijo:

-¿En qué puedo servirle señor oficial?

Cuando éste oyó, que la gaviota hablaba, de policía no le quedaba ni la gorra, era un manojo de nervios. Al fin, pudo gritar:

-¡Bajo mi responsabilidad hagan una llamada urgente a la base aérea de San José! Que nos envien inmediatamente un escuadrón de los helicópteros Halcones. Tenemos dos extraterrestres dentro de un automóvil Condor verde, último modelo, licencia # CPSO-129. Nos encontramos en la Autopista Norte, a dos quilómetros de la salida de Puerto Arturo.

De repente, me doy cuenta de que la gaviota y yo estábamos de nuevo en la carretera como si nada hubiese ocurrido:

-Loreta, ¿qué pasó con los policías?

-Olvídate de ellos, fue una ilusión creada por mí.

Me encontraba de nuevo tranquilo, despreocupado, el carro muy limpio. Ella continuó dando sus razones:

-Podrás decir lo que te parezca, los hechos que son los que cuentan, dicen que te falta mucho, pero no te preocupes, antes de terminar el libro te podrás calzar los pantalones largos.

-¿Vas a convertirme en un superdotado?

-Sencillamente, te volverás un hombre. Este barullo

con la policía sucedió por estar muy molesta contigo, en ciertos momentos me mortificas mucho. Eso te lo quise regalar como broma y castigo con la intención de sepas quién eres. ¿Cómo se te ocurre pensar que puedes compararte conmigo? ¿Cómo puedes creer que me falta luz en el entendimiento? Para que seas capaz de vislumbrar la distancia que existe entre nosotros dos, escucha:

En cuanto a luz en el entendimiento, eres una pequeña linterna de esas que ustedes utilizan para meter de noche la llave dentro de la cerradura. Y yo soy un Sol. ¿Puedes asimilar esta comparación?

-Sí, la entiendo a las mil maravillas.

-Entonces, voy a proseguir con el libro.

NO SE VIENE A LA TIERRA A VIVIR MANSAMENTE

-Es dogma de vida que todos los que llegan, tienen la obligación de pujar y moldear su futuro. Cada uno debe prepararse a su debido tiempo. Aceptando que la vida no es una loquera ni un jolgorio.

Pensar o razonar que soy hijo de mamá y de papá, que por lo tanto tienen que satisfacer mis necesidades, o que el gobierno está en la obligación de resolverme los problemas que son míos, es pura y llanamente «infantilismo»

El gobierno está en el deber inexcusable de mantener el orden necesario, aplicar la justicia, impartir la debida instrucción escolar y legislar con la mejor intención.

Los padres son los responsables de desarrollarle al niño sus capacidades, llenarlo de valores humanos y espirituales. Situarle los hábitos de higiene que propenden a una buena salud, y proveerle la mejor educación.

Es a la sombra de una familia que vive el diario quehacer para lograr sus mayores anhelos, donde el niño consigue percibir el deseo de vivir y gozar una vida espontánea.

Después a volar, que descubran su rumbo, que luchen, que sufran, que puedan entender que vivir es a veces arriba, y a veces abajo. Hoy sol, mañana lluvia.

Los hijos, que logran lo que tienen por lo que sus padres son, a pesar de los disfraces que ustedes utilizan para esconder lo que no quieren enseñar, en su mayoría dejan mucho que desear.

El único hijo que llega a conseguir el respeto de sí, es aquél que a pesar de sus temores, incapacidades y limitaciones, acepta vivir su propia vida.

Es precepto clave, visualizar claramente que un adulto equilibrado sólo se consigue si primero se logra el desarrollo integral del niño. Finalmente y para terminar: es en los hogares de la gente sencilla donde se define el carácter de un pueblo.

-Loreta, esto es una píldora muy difícil de tragar.

-Te voy a anticipar una cosa, siéntate primero, para que no te vayas a caer: ¡oye esto!, todo, absolutamente todo lo que han creado, en este momento está funcionando mal.

La sociedad humana será sacudida de abajo hacia arriba, el orden imperante es un desatino, el juego completo será reestructurado desde su base. Comenzando por la religión... moral... educación... instrucción... economía... política... información... y justicia.

-¿Entonces lo que viene para encima de nosotros es cura de caballos?

-No, es un ajuste de vuelo para corregir el rumbo.

-¿Cómo lo vamos a lograr?

-Dependerá de la actitud de ustedes. Pudiera ser en diá-
logos, con razones, tratando de entender y aceptar, y
también al estilo de Tirano.

-Estas cosas tuyas me asustan.

-A mí también.

-Tengo otra pregunta, pero estoy tan atemorizado con
tus respuestas, que a veces no me atrevo.

-¿Cuál es, pusilánime?

-Desde tu primera visita dejaste sentado que habías sido
enviada para que tengamos luz en el entendimiento. Por
otro lado, si me preguntas qué es lo que más me impre-
siona de ti, podría contestar rápidamente que sin duda
alguna es tu capacidad análitica.

Soy de la opinión que la gente resiente la crítica, que
ella separa en vez de unir. De este concepto arranca mi
pregunta que es de doble sentido. ¿Si estamos tan ne-
cesitados de luz, por qué utilizas esa capacidad
demoledora que tienes para censurarnos?

-Precisamente para que lleguen a la luz: luz en el entendimiento, no es más que la capacidad de raciocinio... llegar a conseguir discernimiento... poner a funcionar la inteligencia y el talento... alcanzar a descubrir lo sutil, aquello que sólo puede vislumbrarse.

Utilizo la crítica, por la tesis de los polos opuestos. Aquel que descubre que su carne está sucia, comienza a tener necesidad de sentirse limpio. Cuando un ser humano se rompe interiormente, que le surge una grieta estructural, que no se puede sostener por sí mismo, que no sabe quién es ni lo que quiere, que pierde su capacidad de discernir. Alguien así, no hay quien lo salve si primero no llega a verse tal cual es. **¡Entonces podrá ser redimido!**

¿Sabes por qué sienten esa necesidad de comprar y comprar, tener y tener?, porque aquellos que no llevan nada por adentro, sufren imperiosas urgencias de ponerse mucho por afuera.

Cuando una mujer tiene guardados en sus armarios cuarenta pares de zapatos, otro tanto de carteras y un centenar de vestidos. Que cada mes se gasta un dineral en comprarse potingues que se unta en el cuerpo y en la cara, puedes estar seguro que le falta enjundia.

Si encuentras un hombre de los tantos que existen, que hoy tiene barba, mañana se la quita, a veces tiene pelo largo, o en ocasiones lo tiene mitad corto y mitad largo, que lleva anillo en una oreja, tatuaje por un tiempo, después se lo borra, hoy es rubio, mañana moreno. ¡Alguien así!, no le des más vueltas: a éste, no le sembraron a su debido tiempo, los valores esenciales.

Insisto tanto en lo de luz en el entendimiento, por la oscuridad en que viven: sojuzgados, comprando todo lo que les sugieren por la televisión, esclavos de las telenovelas, rendidos a lo sensorial y a lo material. La ignorancia es en todos los ámbitos.

Es mucho más difícil encontrar en un hogar un diccionario que una videocasetera. En cualquier residencia puedes tropezarte con un montón de películas almacenadas, lo que no podrás hallar es un estante de libros. Si logras ver algunos en un bello armario, puedes estar seguro de que se trata de un toque ornamental, un «touch of class».

El desconocimiento es en general: en el idioma tienen una enorme confusión con la gramática. Quienes van a la iglesia, en su mayoría, ignoran los fundamentos de la religión que profesan. Aquellos que tienen hijos se olvidan de la responsabilidad que esto conlleva. Los que van al matrimonio, no entienden que éste es algo más que amor.

Es por esto, que necesitan **luz en el entendimiento.**

-Sé muy bien que conoces al dedillo todas nuestras debilidades, pero yo también entiendo muy bien a los míos. Con todo lo que digas, nos desconoces, somos más difíciles de lo que te supones.

¿Crees en verdad que ellos van a cambiar, así de fácil? Loreta, no seas ingenua, lo nuestro es medular, lo traemos en la sangre. La culpa no es de nosotros, es de ustedes. La famosa «yema» que diseñó El Magnífico, por orden de Tirano, en la parte de los afanes y de la avaricia, no fueron mecanismos de balance esos dos elementos tan fundamentales.

Voy a presentarte ejemplos que confirman lo que estoy diciendo: Hace tres mil quinientos años, Moisés logró sacar de Egipto al pueblo de Israel para llevarlo a la tierra prometida. La distancia que separa a estos dos puntos, - puede caminarla una persona en quince días-, ellos tardaron en recorrerla cuarenta años, pues cada vez que llegaban a un cruce de caminos importante, armaban sus tiendas de campaña, y a luchar por lo de aquí, lo de la tierra.

Con esto te digo, que a nosotros nos toca por linaje, de cepa, de buena solera. Lo del dinero es innato, nuestra sociedad es estructuralmente materialista, los nuestros no comen de historias.

Otro ejemplo que confirma mi tesis: no importa lo que has dicho, ni lo que digas. Nunca podrá compararse con el mensaje más bello que los hombres han podido escuchar, **El Sermón de la Montaña**. Sin embargo, tres años después, en el primer zafarrancho que formaron, a Éste, le pusieron las manos encima y lo clavaron entre dos maderas.

Presiento que vas a alborotarte cuando oigas lo que voy a decirte: sé que soy muy poca cosa, pero soy sincero. Nosotros, el grupo, como tú nos llamas, le oímos el cuento a cualquiera pero lo mío sigue siendo mío, y lo tuyo si puede ser mío, mejor.

En los servicios dominicales es de lo más original observar a los fieles, oyen con mucha seriedad el sermón, pero el lunes, sacan las espuelas y a **«Dios rogando y con el mazo dando»**

-Sé que entiendes muy bien a tu gente, pero yo conozco a mi gallo. Ustedes se arreglan, no tengas la menor duda. ¿Te acuerdas de la famosa historia de las diez plagas enviadas al Faraón por no permitirle a Moisés llevarse a los suyos a la tierra prometida? Tirano es quien ha tomado en sus manos producir el ajuste. Hasta el día de hoy solamente tienen dos plagas: **el herpes y el sida**. Esto no es más que las primeras armonías de una sinfonía macabra que van a tener que escuchar y vivir.

Lo próximo, será la invasión de los **gordos mórbidos**, verán racimos y racimos de ellos por las calles, víctimas en verdadera desesperación, que sólo pueden pensar en comer y comer, sometidos a esa bazofia que les venden en los «comeyvete».

Posteriormente, vendrán los **infartos cardíacos**. Las dos terceras partes de la población van camino de esto, por las presiones que les crean los afanes enfermizos que sufren, y por la forma en que se alimentan.

Después, llegarán los diabéticos, la **diabetes melito**. Millones, condenados a tener que vivir en completa ceguera, con horribles problemas renales y cardiovasculares.

Los locos, -ya se han olvidado de ellos- ahora utilizan nuevas expresiones y vocablos : fulanito está muy depresivo, tiene serios desajustes, está en tratamiento.

Pero estoy hablando de «los locos locos» que andarán sueltos por decenas de miles en las calles, sin saber el por qué ni el cómo.

Víctimas de sus grandes desajustes, a unos les dará por matar a mansalva. Otros elucubrarán formas diabólicas para mortificar a los que les rodean. Los maníacos, que serán capaces de desarrollar fríamente desvaríos espeluznantes y llevarlos a cabo para castigar a su gente.

Niños muriéndose a muy temprana edad, por defectos de herencia. Los verán caer muertos como moscas por las calles en verdaderas cataratas humanas. Y se horrorizarán al contemplar estas escenas.

La vida será una danza infernal. Este espectáculo dantesco se convertirá en el diario vivir de la comunidad humana. Finalmente, si no enderezan el rumbo, vendrá la hecatombe.

Ven conmigo para que te diviertas, vas a tener un raro privilegio, el de poder ver algo de aquello que sucederá.

-Ir contigo, ¿a dónde?

-A dar un paseo, de la forma más simple, te vas a transportar a futuras edades.

De improviso, me encontré volando muy alto, sin que me molestara el viento, ni el frío. Al poco rato Loreta me dijo:

-Ahora verás una escena que te va a impresionar.

Lo que pude observar no lo podré olvidar jamás. Cientos y cientos de quilómetros cuadrados, calcinados, derruidos, en fantasmal desolación. Sin vegetación y sin seres vivientes. Únicamente me fue dado decir:

-¿Qué es esta devastación?

-Una de las grandes ciudades de ustedes. Cincuenta y ocho millones de habitantes, todos murieron en un amanecer, arropados por una espesa neblina, producto de los detritos que ustedes les envían cada día a la atmósfera.

Esta escena que ves queda a la mitad del siglo veintidós, a solamente ciento cincuenta años de tu tiempo.

Para esta fecha, le habrá sucedido lo mismo a muchas otras. Como podrás apreciar no han quedado ni los huesos, todo fue incinerado.

-Por el amor de Dios, bájame, llévame de nuevo a donde estábamos.

Regresamos al carro, me encontraba sumamente emocionado, y le dije:

-Por favor, ¿puedes calmarme?   Esta escena va más allá de la capacidad que tiene el ser humano para asimilar pena y dolor.

-¡Eso no es todo!, el final vendrá cuando se provoque el recalentamiento de la tierra, que se producirá en forma geométrica, la nieve acumulada en los polos se derretirá; entonces, podrán disfrutar de un auténtico **«diluvio universal»**.   Ahora me gustaría preguntarte: ¿Crees aún, que los tuyos no cambien?

-En esa forma no queda más remedio que entrar por el aro. ¿Te gustaría oír mi sentir en este momento?

-¡Muchísimo!

-Debido a lo que he aprendido con tus charlas, por el efecto que me ha causado este viaje fantasmal con sus cincuenta y ocho millones de muertos, y lo que me has relatado que sucederá, has conseguido que mi capacidad de indignación despierte.

Como todo lo nuestro es un diálogo, deseo llevar esta conversación a lo que sigue: la grandeza, no importa lo genuina que sea, siempre lleva en sí algo de arrogancia.

En este momento siento una gran necesidad de gritar ¡Tirano es un imponedor! En una palabra, no es más que un tirano. ¿Y tú no acabas de entender, que te apareces aquí investida de grandes poderes, y desde tu suprema potestad nos haces sentir que somos cucarachas y siervos de la gleba?

Me siento dolido contigo, has tocado lo hondo de mi dignidad. Tengo que decirte algo y no me importa la reacción que vayas a tener: eres una abusadora, has utilizado tu suprema pujanza para llevarme a conocer que soy un desastre. Esa ciudad destruida que me has enseñado, es un atropello contra mi decoro.

Esto no es forma de convencer a nadie. No es más que lo mismo de siempre, si te portas mal, el infierno. Al principio, me enseñaste que el amor no se impone, se conquista. Ahora me quieres grabar tus ideas con un hierro al rojo, para que me humille y me aterrorice de tal forma, que llegue a sentir que soy un derrumbe.

Quiero aprovechar esta oportunidad para contestarte lo que tantas veces has criticado «que somos unos torpes, que hemos creado un montón de religiones con el mismo mediador y con el mismo Dios»

¡Pues bien, aunque no lo entiendas me considero un fervoroso creyente de este Dios, más allá de ritos y de dogmas, y de ese mediador que tanto nos censuras, mi bendito Jesús. De esas manos tendidas que salen de su cruz, siempre puedo agarrarme en mis grandes dolores.

No importa si mi mente analítica muchas veces no puede asimilar su grandeza divina. Nada vale si en mis momentos terrenales cuando estoy sometido a mis debilidades por culpa de la carne, me río de Él.

Lo único que cuenta, que tiene sentido, es que me agarro de esas manos cuando el dolor se apodera de mí, al descubrir en los que me rodean lo mucho que nos falta, que no puedo ser como quisiera.

-¡Por favor, no sigas!

-¿Cómo es posible que estés llorando Loreta?

-Lo estoy, tus palabras me han emocionado. Además, tengo que darte la razón, Tirano es un tirano, ¡claro!, con un atenuante que lo convierte en único, por ser un tirano sublime, en donde la sublimación alcanza la expresión absoluta: «**armonía**».

Él es, un desbordante amador de su creación exuberante, el engarce de la perfección, la expresión más elevada de lo que es talento, inteligencia, creatividad. En cuanto a lo que has dicho de mí, te lo perdono.

-Gracias Loreta, te lo agradezco mucho.

-Ahora tenemos que seguir con los Valores.

EL SEXO HAY QUE LUCHARLO HASTA QUE FRAGÜE

-El proceso del hombre es un patrón que se repite. Un constante comenzar, un perenne batallar desde que llega hasta que se marcha, siempre en aprendizaje, en lucha.

De todas las etapas que le es necesario recorrer, la más explosiva es la pubertad, en ella se revoluciona todo, es un cambio en impetuoso remolino, que lo conduce a lo desconocido, eso que ignora, pero que lleva muy adentro.

Una deficiente educación en el hogar, el no situarle al niño a su debido tiempo los valores humanos necesarios, no desarrollarle la destreza que permite razonar, la falta de diálogo familiar y la ausencia de espiritualidad; ese conjunto de fallas, es lo que produce un puberto explosivo, ignaro, caprichoso y sin voluntad. En esta encrucijada brotan las grandes desviaciones, las confusiones y los desajustes que después tendrá que lamentar.

Lo he repetido en charlas anteriores: un niño que a su debido tiempo le desarrollen el lapso de atención, la destreza del entendimiento y el goce por el reto, -que es lo que produce voluntad y tesón- quedará preparado para hacerle frente a los grandes cambios que se viven en esta mutación.

El encuentro con la adolescencia es exuberante, lujurioso, aterrador. El niño queda aniquilado sorpresivamente y el adulto nace por cesárea sensorial.

Ahora sólo le interesa lo suyo, está viviendo el arrebato en supremas urgencias, únicamente responde al llamado de la carne, esa fuerza que lo somete en forma demoníaca. En esta etapa transitoria solamente se le puede orientar, si de niño le situaron bien los cordeles que ahora servirán para tirar de ellos.

El sexo como todo lo grande, es necesario lucharlo hasta que se defina. El padre está en la obligación de conseguir en el hijo, la ambición de ser hombre, que logre entender el respeto que da ser padre, para que aspire a ello. De tal forma, que al llegar el rompimiento de la pubertad sienta el intenso deseo de sentirse **varón.**

Con la hija sucede lo mismo, la madre debe despertar en ella la vocación que lleva por instinto **«la maternidad».** Es imperativo que la niña descubra en la vivencia del hogar, la dignidad que conlleva ser mujer, esposa y madre. Y no hace falta decir más.

Ahora voy a seguir:

LA HONRA EN EL TRABAJO DIGNIFICA

-El trabajo ennoblece, distingue y da sentido a la vida. Trabajar es parte fundamental en la rutina diaria. Es el camino para gastar las energías, fomentar la creatividad y alcanzar la plena satisfacción.

No existe persona que pueda realizarse plenamente, si primero no se capacita en el quehacer de una responsabilidad, trabajar ya lo dice la palabra es pasar trabajos.

Es en dificultades donde el niño comienza a caminar. En la juventud se desarrolla el carácter cuando el joven acepta con decisión y alegría llevar a cabo una tarea seria. Es una profesión, oficio o trabajo, lo que vuelve importante a quien lo realiza; es uno de los caminos más seguros para adquirir la dignidad personal.

La distinción de luchar por el sostén de un hogar es la mejor herencia que se puede dejar, **porque el ejemplo arrastra**. Trabajar como Dios manda conlleva una dedicación. No es estar, es producir. Es sentir entusiasmo en aceptar el reto, además de ponerle un toque de ilusión.

No queda más remedio, es necesario regresar a los orígenes, hay que agarrar de nuevo el factor primordial que produce el buen vivir: **el honor al trabajo.**

El carácter, el sano orgullo, la identidad personal y la complacencia, tienen mucho que ver con luchar dignamente. De todos los valores humanos, el trabajo es uno de los más esenciales.

-Loreta, me gusta lo que has mencionado sobre el trabajo, y a juzgar por ello, éste resulta sumamente importante en la vida de una persona.

-Positivo, el trabajo es un elemento estructural para consequir el desarrollo equilibrado de un adulto. He aquí, la importancia que tiene **«que el quehacer de cada uno esté en sintonía con su vocación»**. Todo ser viene a la tierra con sus inclinaciones, ellas le permitirán capacitarse. Es primordial que antes de decidirse por una ocupación, descubra primero la gama de aptitudes que posee.

-Por lo que acabas de decir: ¿puedo interpretar que el trabajo es como una profilaxis, algo que resulta de la mayor trascendencia?

-Correcto, la misión que realiza un sujeto es determinante en la formación de su carácter. Sin una adecuada rutina de vida que produce el buen quehacer, no puede existir la satisfacción, ¿me has entendido?

-Más que bien.

-Ahora paso a revelar lo siguiente en el orden de mis Valores:

EL DINERO SÓLO ES NECESARIO

-La vida en los inicios de la primera juventud es milagrosa por sí misma. Le ofrece al joven la posibilidad de participar, competir, soñar, mirar para el cielo, remontar su vuelo y escribir su propia historia.

En esta etapa transitoria, los únicos que logran conseguir lo que desean son aquellos que poseen formación de valores, capacidad para luchar y la disposición de llegar al sacrificio.

Si quieres el mejor consejo para tus hijos, no les des siempre lo que pidan. Así entenderán desde niños, que no se puede tener todo.

Para que un padre pueda ganar riquezas en extremo, inevitablemente ha de hacer dejación en la crianza de sus hijos. Es por esto, que donde más estragos crea el exceso de dinero es en la familia.

El dinero no hace inteligente al que lo tiene... No compra la salud... No trae la dicha... No consigue verdaderos amigos... **¡El dinero, solamente es necesario!**

-Loreta, te ensañas con el dinero, cada vez que tienes la oportunidad le tiras duro, a pesar de ser lo que nos pone a funcionar.

-Pese a lo que dices. No tiene la importancia que ustedes le dan. El dinero no compra el bienestar. Y en demasía, es sumamente peligroso para el que lo posee.

-Estás tratando de llevarme a que descubra que el dueño de un Jaguar, los que viajan en primera clase, aquellos que visitan las capitales más bellas del mundo, que participan de los eventos más extraordinarios que suceden en la tierra, no son felices.

-Lo único que busco es que concibas, que el dinero solamente produce placer, y éste no genera la satisfacción.

-Loreta, no estoy de acuerdo con estos conceptos, es más, te digo: a mí, dame dinero, yo me las arreglaré muy bien con él.

-Piensas así, porque eres igual que los demás, obcecado. El dinero los hechiza y los somete. La relación con Dios es muy superficial. Solamente adoran el dinero.

-¿Entonces, según tu decir, la felicidad se consigue sin dinero?

-No, únicamente he dicho, **«el dinero sólo es necesario»**. Y no voy a seguir insistiendo en esto. Continúo:

EL PODER, ÚNICAMENTE EN LAS MANOS DE MUCHOS

-El sistema de gobierno en las manos de una sola persona, no sirve. El hombre, aún dista mucho de estar capacitado para disponer del mando. El poder es muy dañino para el que lo detenta, distorsiona el carácter.

La historia de ustedes, está llena de ejemplos que confirman lo que digo. Los que disfrutaron del imperio de la autoridad, salvo excepciones, terminaron convirtiéndose en déspotas. El poder, debe estar en las manos de muchos, y siempre por tiempo limitado. Con esto lo he dicho todo.

-Has hablado muy poco sobre una materia que es tan importante y conflictiva.

-A buen entendedor con pocas palabras basta. Ahora, permíteme continuar:

LA LIBERTAD COMO USTEDES LA INTERPRETAN NO EXISTE

-El concepto libertad es una de las grandes utopías. Se han aferrado a ella como si fuera cosa natural y propia, siendo una gran ficción. ¿Cómo puede aspirar a ser libre quien vive dominado por la esencia misma de su naturaleza? Nace allí, donde otros se lo imponen, a ninguno de sus familiares le es permitido escogerlo, sus momentos decisivos son producto de factores ajenos; no importa lo que logre siempre está a merced del azar, vive por puro milagro, y muere cuando La Providencia lo decide sin contar con él.

¿Podrá ser libre alguien así? ¡Imposible!

Eso que ustedes conocen como «libertad» inevitablemente conduce al libertinaje. El ser humano en última instancia, es un animal más, y como tal, necesita la domesticidad.

Le hace falta para sacar lo mejor que lleva dentro, los frenos interiores, los mecanismos que le den el balance necesario a sus ímpetus, sus afanes y sus apetitos.

La libertad como tal no existe, no le des más vuelta. Lo más parecido que tienen, es el «albedrío» en su expresión más conservadora, que significa «obrar por reflexion y elección», dando por sentado que se tiene capacidad para elegir correctamente.

Además y para terminar: la libertad -acondicionada a los tiempos actuales- jamás conduce a la buena fortuna, tu vida está unida a muchas otras; cuando rompas con éstas paara vivir a tu manera,el final será muy doloroso.

-Te fascinan las frases lapidarias, ¿pero sabes una cosa? Aquí en nuestra sociedad, la libertad es el ideal supremo. Es la palabra mágica que todos queremos disfrutar: libertad, derechos, hacer lo que nos guste.

-No empecemos de nuevo. Lo que estás diciendo es puro desatino. ¿De dónde te has sacado que los pueblos son libres?

-Contigo no se puede, nunca pierdes. ¿Terminaste?

-Sí señor.

-Loreta, antes de comenzar con otro tema, me gustaría llevarte por este ramal que nada tiene que ver con lo anterior, pero me interesa. Creo firmemente en el poder de la palabra, los grandes arquitectos de nuestra cultura, siempre se valieron de ella para convocar a sus seguidores.

Al principio fueron los grandes profetas, llevando al pueblo de Judea a una religiosidad ilimitada. Le siguió Sócrates, con él la filosofía alcanza la cúspide, el pensamiento occidental queda marcado por su huella indeleble. Después llegó Jesús, el sentimiento en su expresión suprema, el florón del pueblo de Israel, el Coloso de la Cruz.

Ninguno de ellos dejó nada escrito, tan sólo utilizaban la palabra. Esto lo traigo a colación por presentir que **Revelaciones de una gaviota**, será un libro más entre otros. De aquí sale mi pregunta:

¿Por qué no adoptas un personaje convincente y convives con nosotros, de forma tal que puedas calarnos hondo, y a la vez nos sea posible llegar a ti como eres, para jugar ese toma y dame que tan bien funciona en nuestras relaciones afectivas?

-Porque no serviría, lo que estás solicitando es un espectáculo, algo así como un Jesús del siglo veinte o un Sócrates moderno. ¿No te das cuenta de que si hiciera lo que estás pidiendo, estaría constantemente en la prensa escrita, radiada y televisada? ¡Y no sería más que un correveidile!

No funcionaría, estás equivocado -como lo estás- al pensar que fue el poder de la palabra la fuerza de los Profetas, de Sócrates y de Jesús.

Revelaciones de una gaviota lleva su mensaje, será el

fulminante que prenda los motores del ajuste necesario que hace falta que hagan. El resto será cosa de Dios. Y déjame seguir:

EL DERECHO DE HERENCIA ES UNA CONFUSIÓN

-El dinero, producto del esfuerzo y la perseverancia, según se va acumulando, que supera la medida de las necesidades, generalmente conduce a las personas a una de estas tres situaciones: a la avaricia, afán de poseer riquezas y de atesorarlas... al orgullo desmedido, falsa estimación al pensar que por tener dinero está por encima de muchos... a la ostentación, producto de una necesidad enfermiza de tener que mostrar lo que se tiene.

El dinero, más allá de lo que es necesario, es un arma de dos filos. Separa, confunde, envanece. Son pocos los que están capacitados para administrarlo con cordura.

Ahora bien, el dinero fácil, aquel que llega repentinamente, que no se luchó, que cayó como el maná del cielo por haber sido ganado con el trabajo ajeno, es sumamente peligroso para la persona que lo recibe, además de ser altamente ofensivo, por tener la peculiaridad de poner a funcionar la envidia en otros.

El derecho de herencia es un concepto que ha traído muchos dolores a la humanidad, la monarquía absoluta fue uno de ellos.

En la actualidad, este desatino se puede palpar en muchas ocasiones en los hijos que heredan los negocios de sus padres. Sin lugar a dudas, es meritorio que se pueda heredar beneficios tendientes a garantizar la mejor instrucción u otras normas que lleven un sentido lógico, empero, recibir millones y millones de dólares por la simple razón de ser hijo de un padre «supermillonario», es un absurdo.

El resultado de los beneficios producto de una herencia muchas veces conduce a la discordia, acrecienta los celos, genera la rivalidad y separa a los hermanos.

Los hijos que se crían en sobreabundancia, no logran la medida de sus capacidades, no es necesario la sombra protectora de los padres que hace tanto daño.

Cada ser viene a este mundo a sudar su destino. Es en luchas y necesidades que se forja el carácter. La abundancia de goces, amansa, desorienta y convierte en disoluto al joven.

-¿Terminaste?

-¿Te parece poco?

-Me parece demasiado, lo que acabas de exponer no es razonable. ¿Estás segura que a ti te mandaron al planeta Tierra? ¿No habrás llegado aquí equivocada?

-No, mi trabajo es con ustedes.

-Mi digna mensajera, si prescindimos del derecho de herencia, ¿quién trabaja, quién se sacrifica? La única motivación que tenemos es el dinero, y con él, alcanzar aquello que queremos. Después, que lo disfruten nuestros hijos.

-Lo acabas de decir, «dinero». ¡Precisamente esto es lo que los tiene como están! No piensan más que en poseerlo. Voy a ponerte unos ejemplos, con la intención de que llegue la luz a tus entendederas. En el diario vivir entre ustedes constantemente se oyen estas expresiones:

¡El único amigo que nunca falla es el dinero que tengo!
¡Dime cuánto tienes y te diré cuánto vales!
¡Voy a hacer dinero a como de lugar, te juro que mis hijos no tendrán que pasar por lo que yo he tenido que sufrir!

¡Si tengo dinero, no necesitaré de nadie!
¡Qué vida eterna, ni que niño muerto, a mí dame dinero, que donde se guisa es aquí!

-Loreta, tú misma me lo estás demostrando con esas expresiones.

-¡Por el amor de Dios, entiéndelo!, piensan así, y actúan así, porque están infectados. Han llegado a creer de tal forma que el dinero es lo más importante, que no pueden razonar de otra manera.

-¿Entonces, también tendremos que vivir sin dinero?

-¡Iluso!, ¿hasta cuándo tendré que decirte, que lo justo no está en los extremos, sino en el centro? ¿Cuántas veces te repetiré: **El dinero solamente es necesario?**

Y esta expresión la única intención que lleva es que entiendas que el dinero no es tan importante como se creen.
¡Ahora, por favor!, permíteme continuar:

ASPIRAR A SER SANTO ES UNA TONTERÍA

-Un santo, en última instancia no es más que un triste santo. No son santos los que necesita este mundo, sino hombres de buen proceder. Lo dice muy claro la expresión popular de la mujer: «mi marido es un buen hombre, no lo quiero mejor». La suprema aspiración cuando se está educando a un infante, ha de ser verlo hecho una buena persona. **Lo bueno, nunca puede hacerle daño a lo mejor.**

Bribón y santo, ambas palabras significan exageración. Y en la creación el equilibrio siempre queda en el centro, que es donde se consigue la armonía. Es por esto que si deseas convertirte en lo que vale y sirve, aspira solamente a ser bueno.

Un buen sujeto, siempre deja tras de sí una huella bienhechora... Una buena vida, invariablemente es una vida larga... A lo bueno, no es necesario agregarle adjetivos... Lo bueno es bueno y con eso basta. Lo muy bueno, nunca dura mucho.

Por lo tanto, la palabra correcta se llama bueno, no santo. Ahora sólo me resta decir, he dicho bastante.

-Loreta, siempre he oído decir: hay que ser santo las veinticuatro horas del día. Y ahora resulta que con ser bueno es suficiente. ¿Cómo se conjuga esto?

-Ser bueno es mejor que ser santo y también mucho más fatigoso. No seas tan inquisitivo. Paso a presentar el último de los Valores:

MORIRSE ES LO MÁS NATURAL

-Es más natural morir que nacer, no todos nacen pero sí todos los que llegan se tienen que marchar. El proceso normal de los seres vivientes que ofrece la creación es: nacimiento, desarrollo, plenitud, decadencia y muerte. Ustedes han sido diseñados para aceptar con naturalidad la transición. A su debido tiempo se van los abuelos... padres... hermanos... cónyuges. Estas separaciones van unidas a llanto y dolor.

Lo que dificulta asimilar la ausencia de aquellos que se fueron, es el egoísmo. Es decisivo interpretar que **todo llega y todo pasa, es sólo por un rato.**

Es el afán posesivo lo que impide aceptar la separación. La aceptación es el primer paso de la reconciliación del espíritu. Al aceptarla, alcanzas la resignación, la conformidad y finalmente la paz.

Tan sólo se puede descifrar la dimensión de un ser querido, al perderlo. Se vuelve muy singular, y al tener que admitir que aquello será irrepetible, el dolor es inevitable.

Hay que vislumbrar que la dicha está rodeada de seres amados que la Divina Providencia les regala. También deben ser fuente de paz los muertos queridos al recordarlos con veneración.

El morir va junto a ti desde que llegas a este mundo, y como no depende de nadie el estar o el marcharse, debes cruzar el tramo que te toca con naturalidad, aceptando este riesgo como muchos otros. Con esto termino:

-¡Lo has terminado así, sin haber dicho nada de la otra vida, del reino que Jesús nos prometió!

-¡El reino de Dios! será necesario construirlo en la interioridad de cada uno.

Como podrás observar estamos terminando, en la primera parte he marcado «Los Preceptos». En la segunda que termino aquí, «Los Valores», sólo me resta señalar «Los Conceptos».

TERCERA PARTE

EL DESARROLLO DE CONCEPTOS

Continuación de la Quinta Visita

-No me he marchado como es mi costumbre al final de cada ciclo del libro, debido a la urgencia que tengo en terminarlo. Son muchos los que están esperando por mí, además, queda muy poco por hacer, lo más importante se ha dicho.

Tenemos que seguir adelante, no podemos parar, voy a comenzar con la tercera y última etapa de esta encomienda. **Los Conceptos** serán el broche que cierre mis visitas; ahora paso a exponer el primero de ellos:

UNA VIDA SENCILLA SIEMPRE RESULTA UNA BUENA VIDA

-Dichosos aquellos que sólo conocen las calles de su pueblo, que viven honrando Los Diez Mandamientos. Quien lleva consigo una buena relación con Dios no necesita que le digan lo que tiene que hacer.

El viaje a El Meñique tiene sus limitaciones, es ingenuo pensar que se viene a la vida por la sola razón de poder disfrutar de aquello que deseas.

La mejor actitud debe ser, el toma y dame en buena lid;

no es un camino fácil ni la puerta más ancha, pero da resultados.

Es preciso dejar una huella eficaz al pasar, asumiendo que eres partícipe de una misma faena. Hasta hoy, todos se encuentran en la misma barca, un solo grupo peregrino de una meta solamente conocida por Dios.

-Mi admirada profeta, no te quedes ahí, sigue filtrando lo que llevas dentro. No pares un instante, pronto marcharás al sitio de donde procedes. ¿Entonces, qué será de nosotros?

-Quedarán mejor que nunca, no lo olvides ni por un momento.

-Sé bien que al no tenerte me quedaré muy solo.

-Mi discípulo, no tengas temor, sólo tienes que vivir una vida sencilla, centrada en amor verdadero.

-¿Crees seriamente que seremos felices, si somos capaces de vivir una vida sencilla en amor?

-¡Serán mucho más, vivirán venturosamente! Las grandes alegrías surgen de las cosas pequeñas. Lo que cala hondo siempre proviene del espíritu. El amor de amistad es el caudal que no se agota nunca, mientras más distribuyes, más te queda.

El segundo «Concepto» versa sobre:

NO SÓLO DE PAN VIVE EL HOMBRE

-El ser humano se compone de materia y espíritu, tierra y cielo. Sujeto a estas dos fuerzas tendrá que ir en busca del equilibrio. Con la desventaja de que la carne tira poderosamente, y carne no significa solamente sexo, es también: gula, avaricia, envidia, vanidad, soberbia y egolatría.

Desde que nace hasta bien avanzada su edad, puede disponer de su físico: caminar, correr, brincar, nadar, bailar. Construido para competir hasta llegar a la fatiga, tiene una gran capacidad para recuperarse.

Sus manos le permiten utilizar toda clase de armas que lo sitúan por encima de cualquier otra especie del reino animal. Su capacidad para lo físico, intelectual y espiritual, es casi ilimitada. En la zona corporal, puede disfrutar de una gama completa de gozos.

En lo intelectual, está apto para alcanzar elevadas regiones a través del conocimiento técnico, literario y filosófico. Pero su fuerza inagotable para conseguir plena satisfacción se encuentra en su poder de espíritu.

Como sólo de pan el hombre no puede vivir, y no lo puede únicamente del espíritu, es indespensable conseguir un balance adecuado, un disfrute natural a nivel corporal, junto al deleite que produce el desarrollo espiritual. Con este proceder junto a otros, la comunidad humana podrá convertirse en una gran familia.

Lo próximo:

EL ANDAR SE REHACE VARIAS VECES

-Tarde o temprano el ser humano se tropieza con la adversidad. Si acepta con naturalidad que la vida es una contienda y que hay que estar preparado para ella, ésta se rehace.

La adversidad es una circunstancia que puede ser modificada igual que muchas otras. La mejor combinación de factores para enfrentarse a ella es la iniciativa y la capacidad de resistir agarrado a una fe grande.

Inevitablemente se viven momentos difíciles. En estas situaciones se forja el carácter. El infortunio no es más que un reto.

El milagro existe y está al alcance de todos, no es más que la capacidad de convertir el imposible en realidad. Es mucho más fácil de lo que imaginas llegar a realizarlo. Las fuerzas interiores del espíritu humano son ilimitadas, sólo necesitas la motivación apropiada.

Si quieres lograr lo que deseas, es bien sencillo: la primavera se gesta por meses debajo de la tierra, para después en explosión, inundarnos con esta maravilla.

El niño necesita nueve meses en el vientre de su madre, antes de comenzar la gran aventura que se llama nacer.

Lo que tú quieres ser, primero es necesario acariciarlo largamente en tus anhelos. Después lo puedes pasar a la segunda etapa y repetirte hasta cansarte:

¡Mi Dios dame las fuerzas que me faltan!
¡Necesito modificar lo que soy!
¡Diseñar al que quiero!
¡Respetarme y ser respetado!
¡No sé cómo lo voy a hacer, pero sé que lo voy a lograr con tu ayuda!

¿Quieres la respuesta a todo esto?, ¡trata de hacerlo! ¡Y verás el milagro en tus manos!

Seguiré con:

TRIUNFO SÍ, TRIUNFALISMO NO

-De los romanos, heredaron el gusto por el triunfo de los aventureros que la humanidad ha tenido, Alejandro, Julio, Napoleón. ¿Quiénes son los héroes del momento? Aquellos que se vuelven noticias de la noche a la mañana. Los medios de comunicación disponen diariamente de la dosis morbosa. Todo es rápido en constante movimiento.

Las cosas pequeñas no les interesan, sólo hay ojos para los «triunfadores hechos a la medida», los que no logran esto son mirados por encima del hombro. Olvidando que los verdaderos triunfadores son los héroes anónimos, las vidas sencillas, aquellos que son capaces de llevar alegría a los que les rodean, que se sacrifican silenciosamente.

Vivir debidamente demanda otros objetivos, no se viene a este mundo a participar de la locura que ustedes han creado. Lo que vale, que sirve, que dura, se hace paso a paso, se logra a su debido tiempo. Somos parte de la creación, y en la naturaleza nada es de repente, todo se gesta lentamente primero, antes de que puedas palparlo.

El triunfo se consigue paulatinamente ganándose el respeto ajeno. En última instancia, el único que triunfa delante de los hombres y de Dios, es quien triunfa en sus hijos, lo demás es triunfalismo.

Ahora le toca a:

ES NECESARIO SUPRIMIR LA MALA INFORMACIÓN

-El ser humano es estructuralmente materialista y espiritual. Debido a esta peculiaridad ambivalente, le es necesario recibir desde que nace una orientación que lo conduzca a planos superiores.

No importa lo expuesto anteriormente, por una particularidad cada vez más marcada, el hombre sencillo está siendo llevado a un materialismo impetuoso. Sus valores humanos y espirituales -que son los pilares de la sociedad- están siendo atacados con furia.

Existe una conjura, cuyo objetivo principal consiste en convertir al hombre de hoy en un animal adinerado o en un hedonista.   Subyugado únicamente a la dimensión terrenal, a lo sensorial, al egocentrismo, y a un desbordante afán de poseer. Estas fuerzas negativas amenazan seriamente destruir en él, los valores que son eternos.

No es posible continuar con el bombardeo cotidiano de violencia, sexo y consumerismo que se envía a través de los medios de comunicación.

Paso al próximo «Concepto»:

ES A LAS VERDES Y A LAS MADURAS

-En las grandes aflicciones es cuando mejor aflora en cada uno de ustedes, lo bueno que se lleva dentro. El dolor cauteriza y purifica, es un elemento esencial en el fortalecimiento del espíritu.

Vivir es un largo caminar, centrado entre el sufrir y el disfrutar. En sombras y luces, siendo a la vez una aventura muy original. A cada paso en este transitar el ser humano va encontrando los dos elementos siempre presentes: «goce y dolor».

Es preciso recordar que fueron diseñados para esto. Tienen interiormente los elementos necesarios para lograr el disfrute pleno en este batallar. Sólo exige haber desarrollado a su debido tiempo, las destrezas que son fundamentales.

-Loreta, vamos por el sexto Concepto y no me has dado la oportunidad de intervenir.

-El diálogo grande está a la vuelta de la esquina, al finalizar esta última parte. Pemíteme proseguir:

HAY QUE GANARLE LA BATALLA A LA IGNORANCIA

-El ocio es la madre de todos los vicios, y la ignorancia lo es de todos los prejuicios. Es ineludible eliminar el analfabetismo, el atraso, la incultura, la rusticidad, y tratar de conseguir que todos deseen instruirse.

Quien tenga luz interiormente, es muy difícil que lo puedan llevar engañado a donde no le conviene. Es esencial alcanzar a través del desarrollo intelectual, la moderación y el sentido común. Sin duda de ninguna clase, esto se encuentra al alcance de todos.
Continuamos con:

EXISTEN PROBLEMAS Y EXISTEN SITUACIONES

-Problemas y situaciones, estos dos factores que son diferentes entre sí, van junto al ser humano desde que nace hasta que muere. Su capacidad para solucionar problemas y la disposición para aprender a jugar con situaciones, es lo que permite el contentamiento.

Un problema, es la contrariedad que genera un conflic-
to mayor o menor que no esperabas, y de repente lo
tienes frente a ti. Ejemplos: la falta de un trabajo, un
mal negocio, desajustes con el presupuesto de gastos
en el hogar, deudas, problemas conyugales, y muchos
otros.

Los problemas -todos- conllevan un común denomina-
dor «tienen solución». No importa su naturaleza, mag-
nitud ni las circunstancias que lo rodeen, siempre existe una salida para ellos.

Y una situación, es aquella que no tiene término, ejemplos: quedarse sin una o las dos piernas o brazos... un
ser querido y allegado que se marcha hacia la eternidad... una bancarrota... estar ciego... la pérdida del hogar. Y decenas de otras que pueden presentarse.

Éstas, pueden sucederle a cualquiera cuando menos lo
espera, llegan para quedarse. En los comienzos son
sumamente dolorosas, el único camino que existe para
hacerlas tolerables es aprender a jugar con ellas.

El primer paso positivo frente a un hecho de esta naturaleza, se llama aceptación. Y para convertirlo en lle-
vadero como cosa cotidiana, necesitas la triple destreza

que hace milagros, **«iniciativa, capacidad para resistir** y **fuerza de voluntad para insistir».** Todo esto, dando por sentado que llevas dentro una fe grande. Sigo con el penúltimo de «Los Conceptos»:

LA FELICIDAD NO ES COMO TE LA IMAGINAS.

-La felicidad en la forma en que ustedes la definen, no existe, solamente es verdadera la satisfacción, que no es más que el estado normal que causa un buen vivir.

Sentir el flechazo del amor... el arribo de un hijo... venturosas vacaciones... la llegada de un dinero que no se contaba con él... saltitos en el aire por un estado pasajero de alegría... o el reencuentro con un familiar...

Ninguno de estos motivos tienen nada que ver con lo que ustedes llaman «felicidad». Éstos, meramente significan momentos de gozos. La satisfacción -felicidad- es un estado de reposo interior, es tener en sosiego las pasiones de ánimo, es no sentirse deudor de culpa alguna. Y estar confiado y seguro de sí mismo.

Por fin, entramos en la recta final:

LA ESPERANZA ES LO ÚNICO QUE NO SE PIERDE

-Es un don que se recibe, siendo a la vez vital y salvador... Tranquilidad y certidumbre... Confianza que se tiene en recibir algo deseado... Ofrece optimismo y perspectiva... Permite esperar resistiendo... Es el último reducto para seguir luchando por aquello que quieres.

Todos llevan dentro la esperanza, sin ella no se puede vivir. Es el sostén del ser humano, que llega a cada uno en momentos especiales para decirle:

-¡Sigue adelante, adelante, no pares, que aquellos que son capaces de luchar más allá de la razón, llevan dentro la semilla que germina el milagro! **¡La esperanza es el aliento de Dios!**

Hemos llegado al punto extremo. Todo tiene su comienzo y su final. Acabamos de dar el paso corto que termina una carrera larga. Ahora te toca a ti, ha llegado tu hora. ¿Cómo te sientes?

-Que me falta estatura, cuando estás a mi lado todo marcha muy bien, al pensar que te vas, que me dejas con este compromiso, si soy sincero tengo que decir que estoy asustado. Debido a estos sentimientos, me gustaría tener un diálogo a fondo contigo.

-No, las palabras han terminado, de ahora en adelante comenzarán los hechos, las acciones. Estoy muy preocupada, eres más indeciso de lo que creía. Voy a dejarte por unos días, te recomiendo que vayas a un sitio donde puedas encontrarte a ti mismo, ya nos veremos.

CONVERSIÓN

FINAL

Sexta y última visita

Su ausencia me dejó un vacío grande y una confusión mayor. Me sucede algo que me hace mucho daño, padezco de un gran desorden interior. Ahora creo que su última visita duró una década.

Cuando estoy con ella, soy otro, siento su fascinación por lo que representa. Al quedarme solo entre mis propias manos, me doy cuenta de que soy muy poca cosa, que esto que ella quiere no es carga para mí.

El miedo y la inseguridad son los sentimientos más fuertes en aquellos que son normales. Desde que la dichosa gaviota se cruzó en mi camino, cada vez que se marcha, estos dos elementos crecen dentro de mí, y el temor no me deja un instante. Las dudas se suceden unas detrás de otras.

-Esto no puede ser bueno para mis mejores intereses, me van a tildar de iluminado, este encuentro inesperado con Loreta no se lo cree nadie, los profetas siempre terminan mal, voy a hacer el ridículo.

Era un desastre completo, me encontraba turbado, en total desasosiego. Y comenzó a trabajarme la imaginación.

-Tengo que quitarme de encima a este personaje del que soy prisionero, no existe la menor duda de que me tiene hechizado, ha de haber una forma de evadirla.

¡Sí, esta es la solución, voy a ir a otro sitio, a un lugar distante, para que haya una gran separación entre nosotros dos.

¿Pero cómo, de qué forma, si ella es todopoderosa? No importa quien sea, voy a tomar esta determinación, a nadie se le puede llevar al lugar que no desea si se lo propone con verdadera voluntad.

Me voy para Nueva York, es lo mejor, donde haya mucha gente, en el mismo corazón de la ciudad.

Si regresa, me resisto, le digo seriamente y cara a cara que no cuente conmigo, que se busque a otro. No me importa si me tilda de cobarde, después de todo es verdad.

La estadía en esta gran ciudad resultó muy agradable, estábamos en pleno otoño. Visité museos, teatros, el Lincoln Center, el Jardín Botánico de Brooklyn, la Catedral de San Patricio, el Parque Central. Fueron dos semanas que llevaron a mi espíritu la paz tan necesaria.

En esta época del año Nueva York se convierte en una delicia, lo estaba disfrutando en grande. Por primera vez en mucho tiempo vivía a mi manera, haciendo aquello que deseaba, en una palabra «era libre».

La mística es efímera, una vez visitados los lugares conocidos, en que me sentía a mis anchas, perdió parte de su encanto. El inquieto que siempre llevo dentro comenzó a mortificar:

-¿Y ahora qué?... ¿Cuál es el próximo paso?

Estas preguntas y muchas otras me hicieron recordar que no se puede vivir como turista de forma permanente en nigún sitio. En estas circunstancias conseguí el mejor remedio, el que siempre viene con un día tras otro. No tenía porqué desesperarme.

Me fui a visitar a Staten Island, esta pequeña isla me resultaba interesante, varios amigos me habían hablado de ella. El lugar resultó ser encantador. Tuve el privilegio de presenciar en los terrenos de Wagner College, el despliegue de carrozas con motivo del «Homecoming», el día fue uno de esos que son inolvidables. Sin nubes, con una brisa divina.

Lo próximo fue visitar la Estatua de la Libertad; es impresionante, tiene el carisma de trasmitirle al visitante lo que ella simboliza; en este lugar, la palabra libertad, adquiere sentido vivencial.

Me quedé por los alrededores disfrutando esta bella sensación interior. Tal vez llevaría contemplando el panorama unos veinte minutos, cuando siento un ronquido muy fuerte, que parecía salir del centro de la tierra.

Muy sorprendido miré hacia el mar, estaba hirviendo, daba la impresión de estar sometido a presiones de calor, chorros de agua que saltaban en el aire y chocaban entre sí. El rugido fue en aumento, lo sentía por todo mi cuerpo como si la furia telúrica quisiera enviarme un mensaje.

La tierra comenzó a trepidar en estremecimientos desconocidos para mí. Aquellas notas sordas dominaban la escena que estaba viviendo. El suelo empezó a deslizarse en forma arrítmica, bailando una danza fantástica, para dar comienzo a lo verdaderamente trágico.

Aquella imagen vigorosa de la libertad, parecía estar construida en gelatina, moviéndose de abajo hacia arriba. Comencé a percibir que aquel enorme monumento iba a saltar hecho pedazos.

Cuando estás viviendo estos momentos que quedan por encima de lo que usualmente te rodea, que eres atrapado en situaciones que van más allá de lo normal, en la frontera entre la vida y la muerte; saltas a la dimensión desconocida, en donde los segundos se convierten en horas.

Me encontraba en una de estas experiencias que sólo nos son dadas a vivir en muy contadas ocasiones. Comencé a repasar determinados momentos de mi vida, reviviéndolos con increíble realidad, dándome perfecta cuenta de todo lo que había sucedido.

Desde mi temprana infancia Dios me había estado llamando, pero jamás me di por enterado. Según iba creciendo se fue manisfestando con mayor insistencia.

Existen aquellos que llegan marcados a la tierra, quizá sea uno de ellos, que únicamente modifican su rumbo al calor y al martillo.

Lo difícil que conlleva ser así, es que Dios cuando se fija en ti por alguna razón de las suyas, no da tregua. Si no levantas la cabeza para mirar al cielo, te quema el alma con aceite hirviendo, para llevarte a conocer el dolor que aterra, el que destruye o el que te lleva a conocerlo tal cual es. Al repasar mi vida, pude interpretar con claridad meridiana el llamado constante de mi Dios, y mi falta de amor y de respuesta para Él.

Lleno de terror al descubrir mi gran pecado, levanté los ojos al cielo, pudiendo ver la Estatua de la Libertad caer hecha pedazos, venía a gran velocidad sobre mí y sólo pude gritar:

-¡Mi Dios... Mi poderoso Dios... Por lo que más Tú quieras... Por el amor que Tú te tienes... Por tu inmensa misericordia...! ¡Sálvame para que me uses!

Me encontraba en la dimensión indescifrable. La imagen de la libertad fragmentada en grandes peñascos ondulaba igual que motas de algodón.

Me fue cubriendo una delicada sensación amorosa al contacto de aquello que llegaba de arriba. Mis ojos se apagaron, comencé a penetrar interiormente en un bello atardecer. Flotaba deliciosamente apacible en un caballo alado.

Con gran serenidad escuchaba un rumor celestial, notas musicales muy tenues, millares de voces infantiles, sonidos tintineantes, campanas emitiendo un bellísimo himno.

Finalmente, una poderosa voz baritonal en un silencio absoluto, clamó:

-¡Tú lo harás!

Me desperté al sonido del teléfono, oí cuando una voz decía:

-Usted ordenó ser despertado a las siete en punto, que tenga un buen día.

Al instante escuché que tocaban a la puerta de mi habitación, la abrí, y un camarero bien vestido traía un desayuno fastuoso:

-¡Señor, yo no he solicitado esto!

-Alguien que debe ser un buen amigo suyo, lo pidió y lo pagó. ¿Por favor puedo pasar?

Entró, situó la mesa en un lugar apropiado, me explicó lo que dejaba, no aceptó propina y se marchó.

Tratando de desentrañar la tremenda realidad vivida durante la noche, y que ahora resultaba ser un sueño, tomé una buena ducha, me vestí, y me senté a disfrutar de aquel manjar que llegó sin ser pedido.

Había un precioso recipiente en el centro de la mesa, al destaparlo, muy bien acomodada se encontraba Loreta. Lo primero que dijo fue:

-¿Por qué huyes?

-Sufro de grandes temores, tengo muchas dudas de la efectividad de lo que estamos haciendo, tu forma de actuar conmigo, muestra que no soy más que un prisionero.

¿Por qué he sido el escogido?

-Tu sufrir por esta encomienda, viene del miedo que siempre trae lo desconocido. Te crees incapacitado para llevar a cabo tu parte, porque lo miras desde tu perspectiva limitada y finita, sin darte cuenta de que sólo tienes que sembrar la semilla.

Lograr el fruto de estos esfuerzos será cosa de Él. ¡Entiéndelo, no estarás solo!, no te vamos a dejar en la estacada. En cuanto a ¿por qué tú? Trata de analizar lo que voy a decir:

Cada niño llega a su hogar -salvo excepciones- en las mejores condiciones. Ha sido ordenado para que crezca con las mayores posibilidades. Viene acondicionado para hacer casi de todo.

Cada uno lleva dentro algo -por mandato de La Providencia- que lo convierte en muy especial, esta peculiaridad le permitirá cumplir lo que otro no podrá hacer.

Realizar este deseo de La Mano Creadora es **«la llamada grande en cada ser»**

En cuanto a ti específicamente, la escena de La Estatua de la Libertad fue creada por mí, con la intención de que descubrieras tu llamada, la que tantas veces te han hecho y has rechazado.

Dios realiza sus milagros entre ustedes si puede utilizar la mejor disposición de sus hijos. Servir bien a tu Creador es un honor grande. Designado por predilección has sido escogido. ¿Qué dices? ¡Es la última oportunidad que te damos!

-¡Qué sí y este sí es completo! ¡Señor, quiero ser tuyo de veras!, ¡lléname de Ti, no me dejes, ni dejes que te deje!, ¡cuenta conmigo, que yo cuento Contigo!

A ti, mi bella mensajera, gracias por haberme tocado a la puerta, gracias por la paciencia que has tenido, por llevarme a la luz, a poder entender y a sentir fortaleza interior. ¡Te amo con amor verdadero, en amor de amistad!

-Solamente con esto me doy por bien pagada, mi querido pupilo, te repito lo que me dijiste: ¡Te amo con amor verdadero, en amor de amistad!

-Loreta, ¿qué es lo próximo?

-Lo mío ha terminado, comienza lo tuyo.

-¿Qué sucederá contigo?

-Haré mutis.

-No te vayas, entre los dos será más fácil y mejor.

-No le des más vueltas, ha llegado tu hora. Además, no me puedo quedar porque nunca llegué. Este trabajo es tuyo de principio a fin. Desde joven llevabas esta idea dentro -**escribir el libro**-. A su debido tiempo creaste la ficción -**Loreta**-. Buscaste un título apropiado -**Revelaciones de una gaviota**-.

Sin que te dieras cuenta, poco a poco, lentamente, ese afán fue creciendo cada vez más, de forma tal que se fue apoderando de ti. Al convertirse en obsesión lo pasaste a la segunda fase. Pidiéndole a Dios que te capacitara, que te diera las fuerzas que necesitabas, que te iluminara, para llevar adelante lo que llevabas dentro. Esto lo hacías de día y de noche.

En este estado de pasión, saltaste por ósmosis espiritual, al estado anímico desconocido aún por muchos. Comenzando a suceder lo que está terminando en este instante.

-¿Cómo es posible que sucedan estas cosas que son inconcebibles?

-Es un nivel interior muy especial.

-No importa lo que digas, no pudo sucederme, **jamás me atrevería a realizarlo.**

-Todo valiente lleva dentro un cobarde.

-¡Tengo algo más, **soy sucio!**

-Del barro cocido sale la porcelana.

-Tengo **dudas.**

-Solamente se puede dudar de aquello en que se cree, ¡dudas porque crees!

-Bueno, pero en definitiva, **¿quién eres tú?**

-Yo no soy, ¡estoy!

-¿Qué significa eso?

-Que estoy en ti, en aquél, en el otro, en ellos.

-¡Loreta, por el amor de Dios! **¿Quién eres?**

-Soy la Esperanza y la Conciencia, el aliento y la voz de Dios respectivamente.

-¿Necesito urgentemente saber quién soy ahora y aquí?

-Un Jonás, es el patrón de siempre, que vuelve y se repite muchas veces. **¡Se eligen ellos mismos!**

Comencé a escuchar unas notas musicales que no eran terrenales, junto a una exótica fragancia. Quedamente y en forma progresiva, mi bella gaviota se fue separando en revuelo, sin mover sus alas, en ese balanceo encantador tan de Ella.

Se alejó y subió unos veinte pies, bajó dando la sensación de que iba a posarse, pero no lo hizo. **Y cadenciosamente se esfumó en lontananza.**

F I N

DAR LAS GRACIAS

Nadie -salvo excepciones- puede hacer algo que sirva, sin la ayuda de otros. Siento necesidad de gritarlo, sin estos tres grandes amigos, **Revelaciones de una gaviota,** no sería lo que es.

Dr. Ariel Remos
Decano del Colegio Nacional de Periodistas
de Cuba en el Exilio
y
Articulista y Analista político del
Diario Las Américas
Miami, Florida. E.U.A.

Profesor Luis L. Pinto
Director del Departamento de Lenguas
Bronx Community College -CUNY.
Bronx, New York . E.U.A.

Sr. Miguel Ángel Hernández
Director comercial publicitario
San Juan, Puerto Rico.

Para los tres, mi amistad, respeto y consideración.

OTRAS OBRAS DEL AUTOR

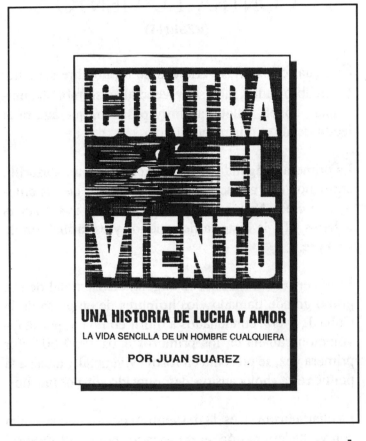

Una narración muy personal

CONTRA EL VIENTO
(RESEÑA)

Son cuatro historias verídicas de un hombre sencillo. Es un libro audaz, intenso, vivencial, costumbrista, universal. Joven, coloquial, muy positivo, que agarra al lector desde el mismo comienzo.

La primera y segunda historia, presentan a un «lazarillo antillano» que al encontrarse con el amor de sus amores, se crece hasta conseguir el logro de sus grandes anhelos. Es la historia de muchos y es la historia de siempre.

El tercer relato, muestra la angustia existencial de ese grupo grande llamado «los hombres de empresa de la Cuba de ayer», condenados a morir como tal, por la revolución cubana en los primeros años 1959-60. Por primera vez, se presenta en forma vivencial y ajena a la política este «holocausto», desconocido aún por muchos.

La cuarta historia, es la desventura de dos que se aman con verdadera pasión, al ser tocados por el infortunio.

Coincidir con una joven que desde el mismo instante que la miras por primera vez, la encuentras sumamente atractiva, con una personalidad extraordinaria, con un gran distintivo, muy guapa y con una fragancia que no es el resultado de un perfume exquisito, sino un efluvio que te envuelve. Cuando en tu caminar encuentras algo así, es que Dios te quiere regalar lo que fue diseñado para ti.

Tropezarte con esto, conseguir conquistarla, que sólo vive para ti y para tus hijos. Que sabes que lo que tienes vale, que hay diferencias. Que por años y años la disfrutas en grande. Que vas con ella por doquier orgulloso. Que sientes que la vida es bella. De tal forma, que llegas a olvidar que el sufrimiento existe.

Si estando en esta situación, te tocan a la puerta de tu vida, y al abrirla, te encuentras frente a frente con el destino adverso, échale garras a lo que llevas dentro; agárrate desesperadamente a tu fe, porque lo que te espera es el dolor abrasador.

EDICIONES SUAGAR

P.O.Box 720485, Orlando, Fla. 32872-0485
FAX: (407) 843-9230

OBRAS EN PREPARACIÓN

LAS AVENTURAS de JUAN CAVILA

La historia de un niño
un pueblo y una época
por
Juan Suárez

MOTITA y SULTÁN

(Cuento infantil educativo)

Dos pequeños perros
y
Dos niños muy diferentes
por
Dra. Blanca Rosa García

CONSEJO AUTÓNOMO DE TRABAJADORES HISPANOAMERICANOS

PREMIO CATHA 1994-1995

Sábado, 29 de octubre de 1994

Hotel Plaza de Nueva York

PREMIOS OTORGADOS A:

Dra. Blanca Rosa García

Por sus méritos como educadora a nivel universitario en el campo de la literatura española e hispanoamericana

PROFESORA EMÉRITUS DE WAGNER COLLEGE

Staten Island, New York.

Directora y editora de Ediciones Suagar

Orlando, Florida.

(y)

Don Juan Suárez

Una vida de lucha y amor

autor de:

CONTRA EL VIENTO

Una narración muy personal

REVELACIONES DE UNA GAVIOTA

Un encuentro inesperado

LAS AVENTURAS DE JUAN CAVILA

Un niño   Un pueblo   Una época

ÍNDICE

Primera parte
(El encuentro)

Segunda parte
(El desarrollo de valores)

Tercera parte
(El desarrollo de conceptos)

Conversión
(FINAL)

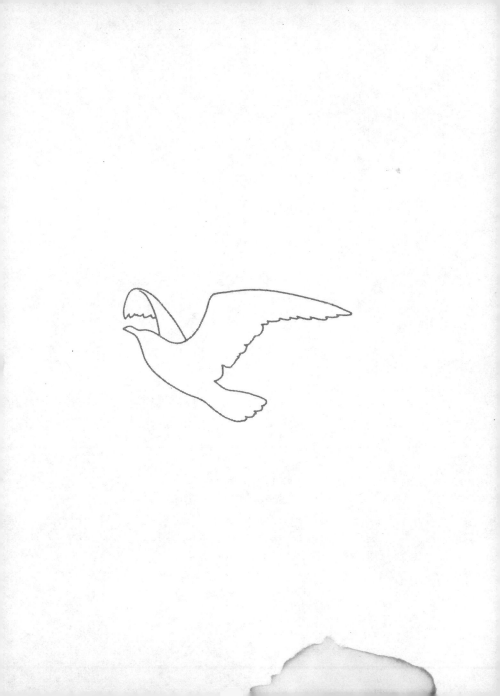